河出文庫

私はガス室の「特殊任務」をしていた
知られざるアウシュヴィッツの悪夢

S・ヴェネツィア
鳥取絹子 訳

河出書房新社

目次

◈

私はガス室の「特殊任務」をしていた

私はガス室の「特殊任務」をしていた

——知られざるアウシュヴィッツの悪夢

「脚色なしの完全な事実は、はるかに悲惨で恐ろしい」ザルメン・レヴァンタール

＊ザルメン・レヴァンタール（特殊任務部隊員）によってイディッシュ語で書かれた手書きのメモは、一九六二年十月、廃墟になった焼却棟Ⅲの中庭に埋められているのが発見された。ガス室でのユダヤ人撲滅の痕跡と証言を残すため、特殊任務部隊の反乱が勃発する少し前に書かれたものである。レヴァンタールは解放のわずか数週間前、一九四四年十一月に死んでいる（『ショアーの歴史誌』〔一九四六年創刊の定期刊行物〕一七一号、二〇〇一年一―四月号に掲載された『灰の下の声――アウシュヴィッツ゠ビルケナウの特殊任務部隊が残した手書きメモ』から引用。現編集長はユダヤの歴史を専門とする歴史家ジョルジュ・バンスーサン）。

1944年、強制収容される数週間前のシュロモ（20歳）。アテネで。（D.R.）

2003年3月、アウシュヴィッツで。元強制収容者の青と白のマフラーを巻いたシュロモ。（D.R.）

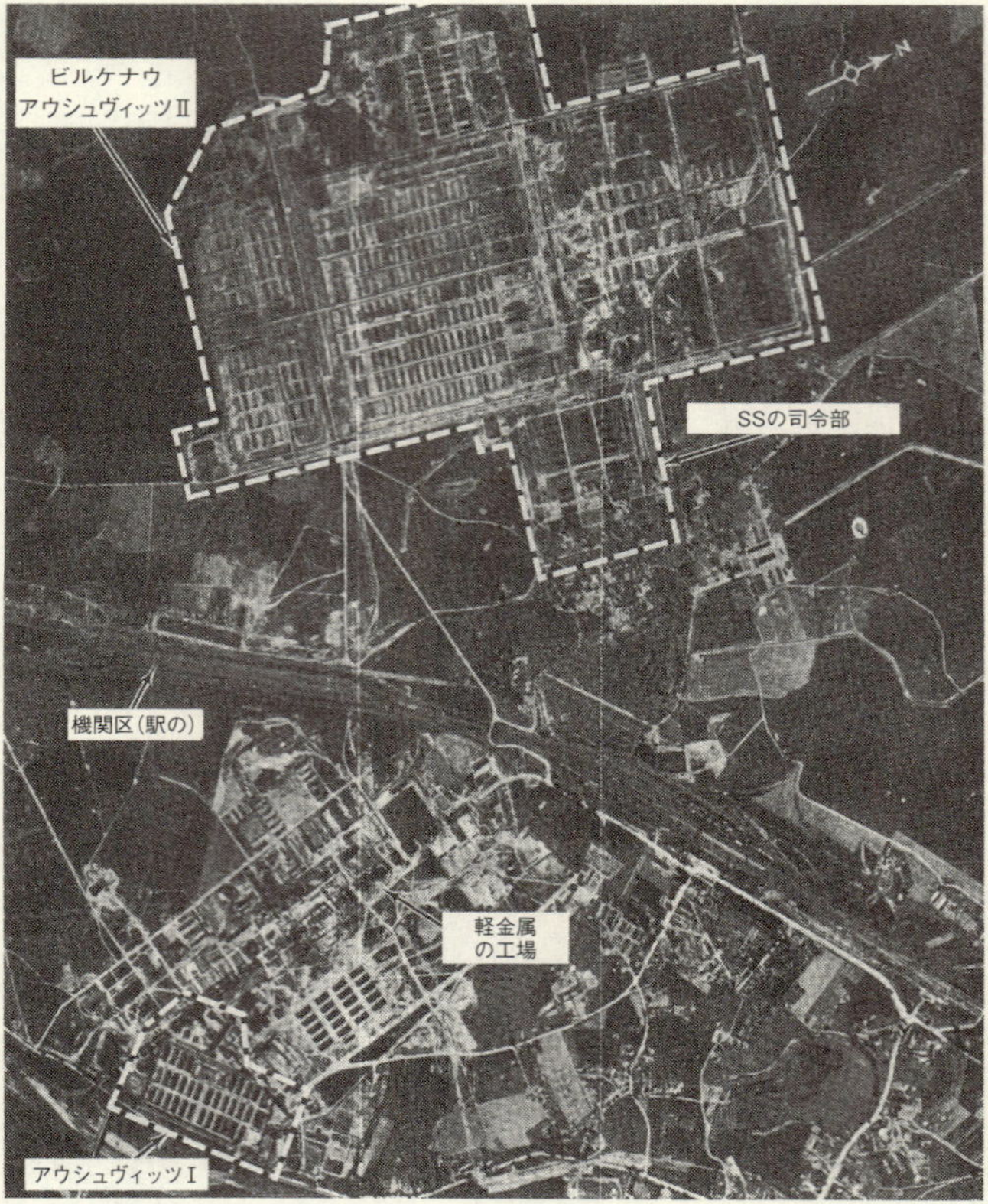

アウシュヴィッツⅠとアウシュヴィッツⅡからなるアウシュヴィッツ総合施設の航空写真の一部。2つの強制収容所のあいだにある線路、ユーデン・ランプは、1944年5月までユダヤ人列車群の到着ランプと選別の場に使われた。その後はバーン・ランプに場所が移され、犠牲者たちを収容所内部の焼却棟Ⅱ、Ⅲの近くまで運んでいる。（Mémorial de la Shoah／CDJC）

1944年8月、イギリスの偵察機がビルケナウ上空で撮った航空写真。上部で、焼却棟Ⅴの共同墓穴から煙が上がっているのが見える。
(The Aerial Reconnaissance Archives)

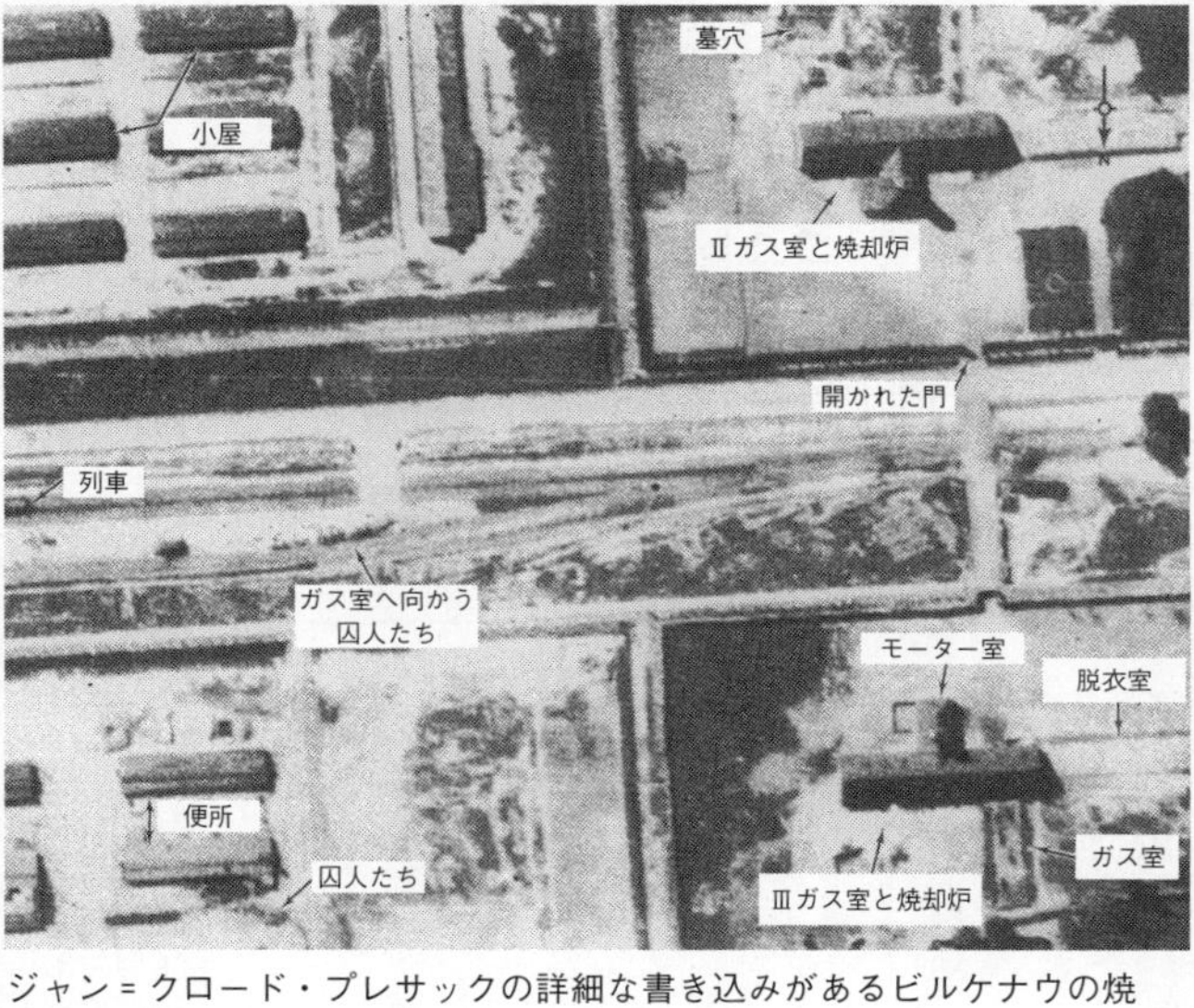

ジャン＝クロード・プレサックの詳細な書き込みがあるビルケナウの焼却棟ⅡとⅢの写真。（Mémorial de la Shoah／CDJC）

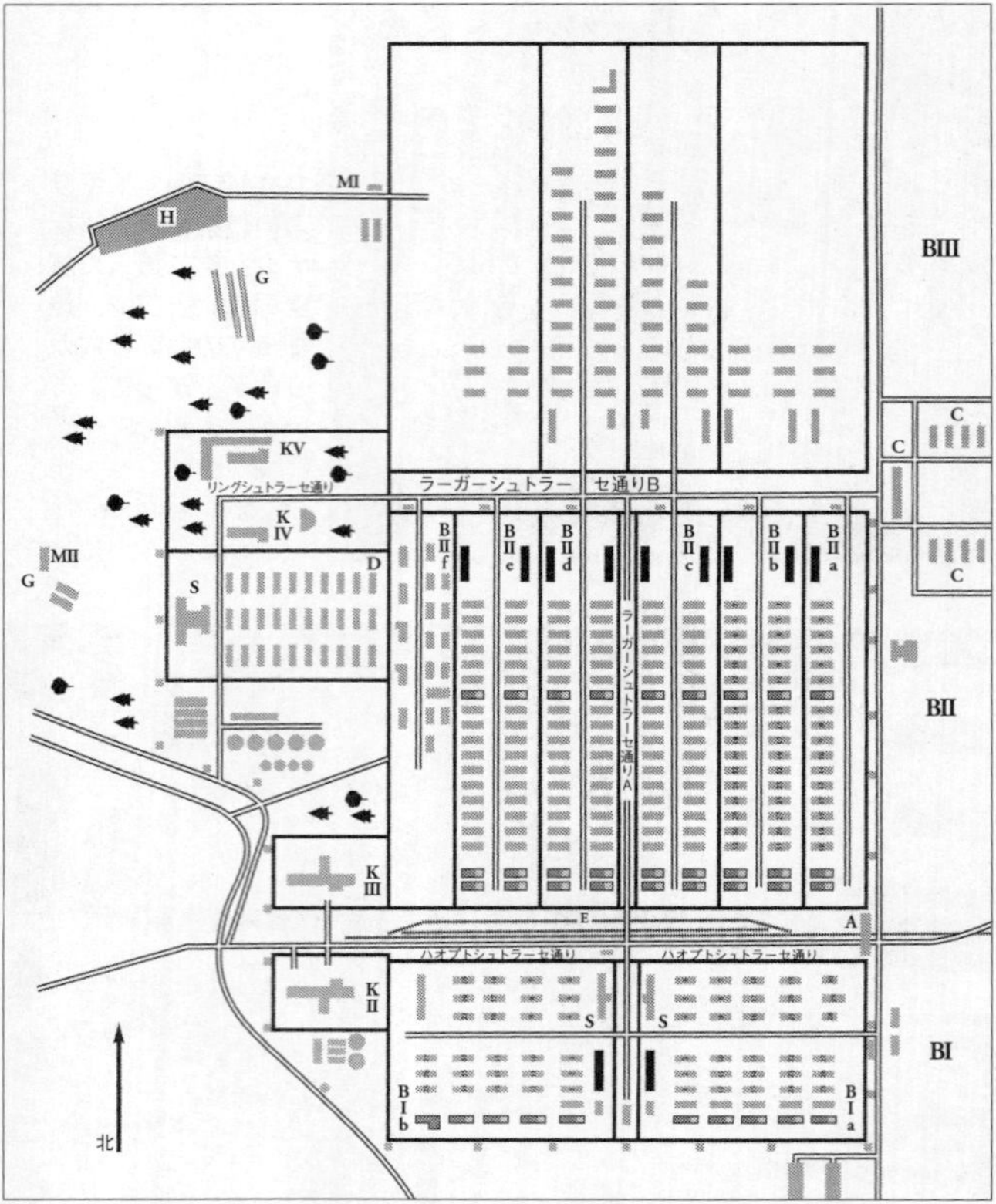

アウシュヴィッツ＝ビルケナウの図面（Institut Yad Vashem／Fondation pour la Mémoire de la Shoah）

この写真は、アウシュヴィッツのレジスタンス運動家でアレックス（身元不明）と呼ばれたメンバーが隠し撮りした５枚の写真の一部。焼却棟Ｖの内部で1944年8月に撮られたもので、野外で服を脱いだあと、裸でガス室に入る女性たちが写っている。（CDJC／PMO, Panstwowe Museum Oswiecim）

A	見張り台のある警備本部	D	殺害された受刑者から略奪した品物の倉庫（カナダ）
BⅠ	収容所の第一区画	E	列車の強制収容者を選別したランプ
BⅡ	収容所の第二区画	G	死体を焼いた薪の山
BⅢ	建設中の第三区画（メキシコ）	H	ソ連兵捕虜の共同墓穴
BⅠa	女性収容所	KⅡ	ガス室と焼却棟Ⅱ
BⅠb	男性収容所（1943年から女性収容所）	KⅢ	ガス室と焼却棟Ⅲ
BⅡa	検疫隔離収容所	KⅣ	ガス室と焼却棟Ⅳ
BⅡb	テレジンのユダヤ人の家族収容所	KⅤ	ガス室と焼却棟Ⅴ
BⅡc	ハンガリー系ユダヤ人の収容所	MⅠ	最初の臨時ガス室（赤い家）
BⅡd	男性収容所	MⅡ	２番目の臨時ガス室（白い家）
BⅡe	ジプシー収容所	S	シャワーと登録室（サウナ）
BⅡf	受刑者の病院		便所と洗面所
C	司令部とＳＳの小屋		

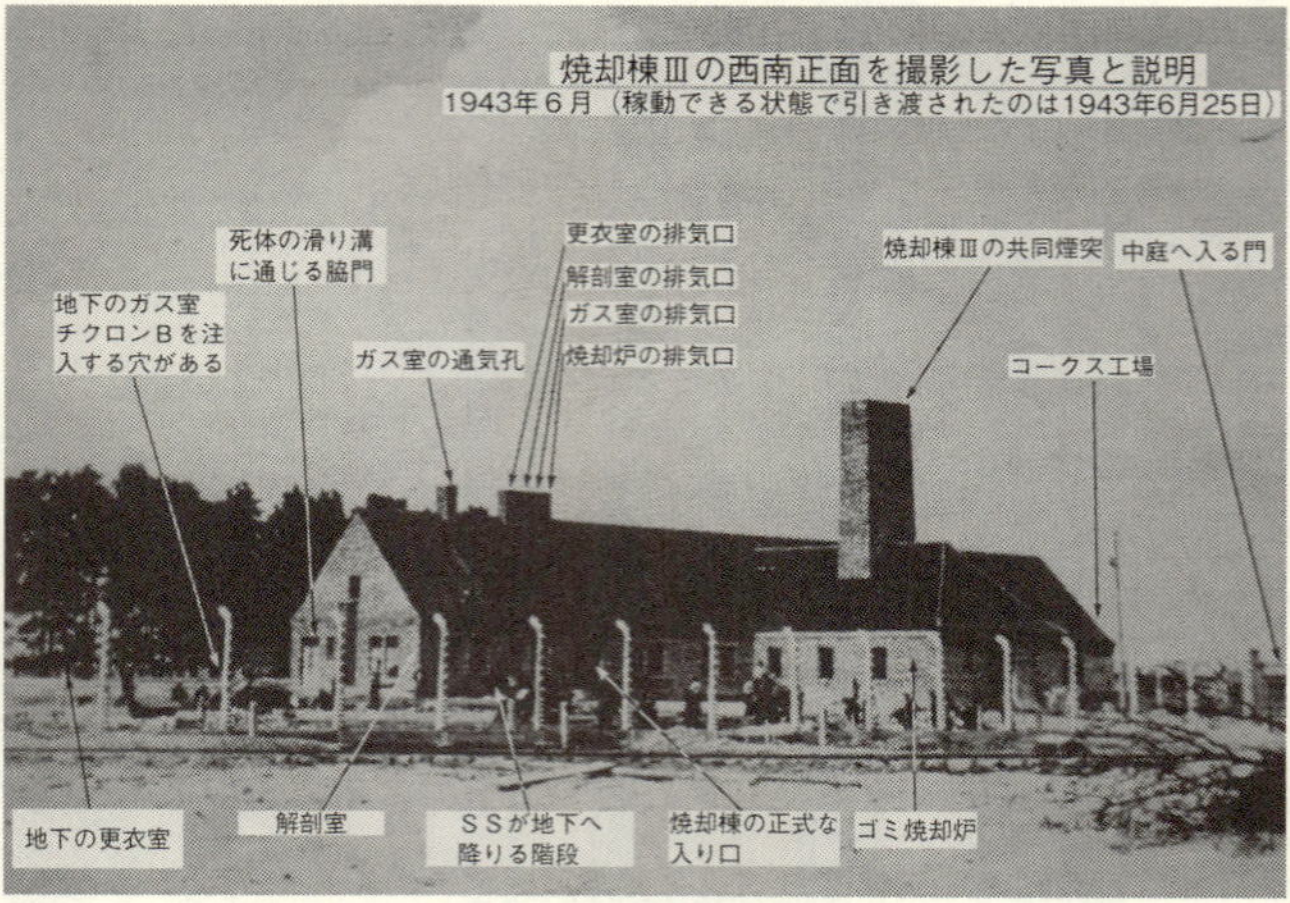

ジャン＝クロード・プレサックの書き込みがある焼却棟Ⅲの写真。
（CNRS éditions, 1993, APMO　20995／507）

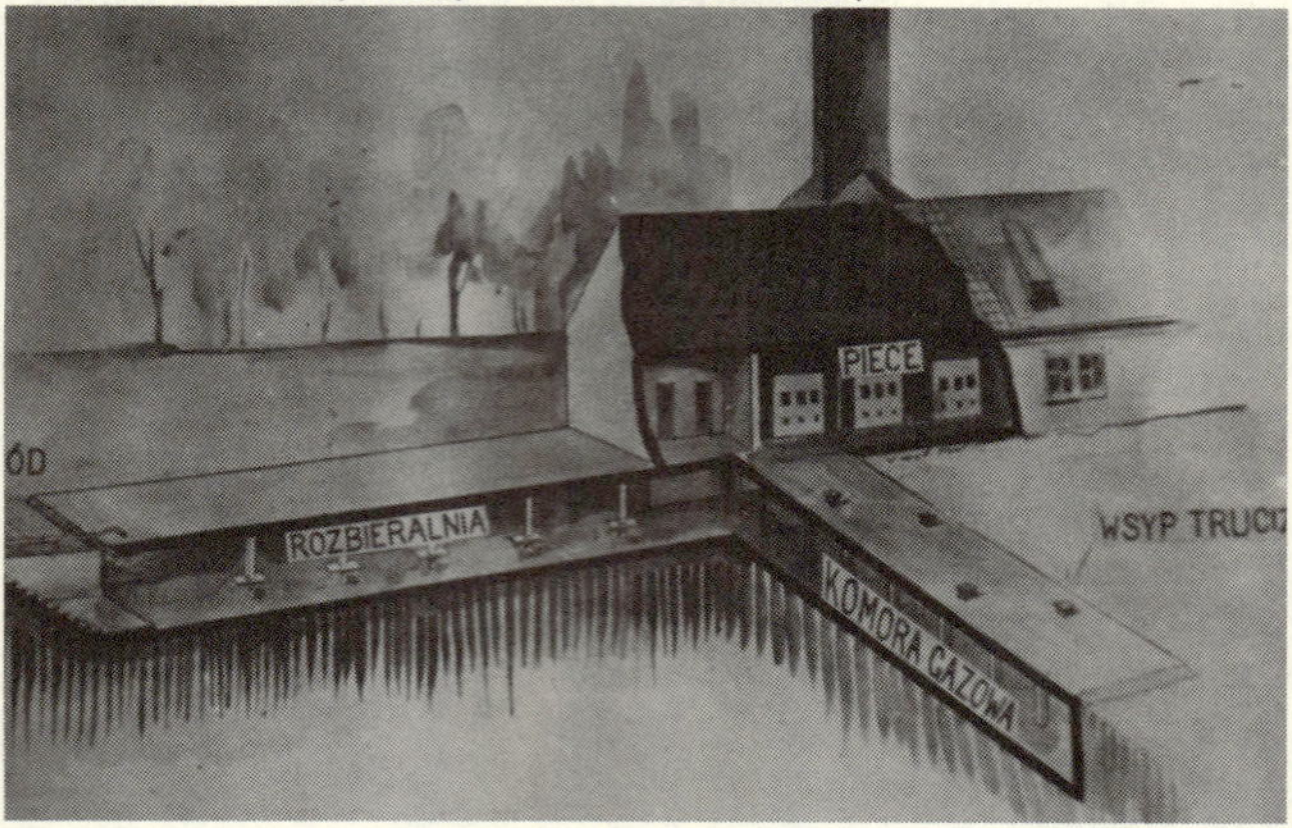

焼却棟Ⅱの図。地下の左部分が脱衣室。同じく地下の右部分がガス室。
（Fondation Klarsfeld）

ＳＳが撮影した「アウシュヴィッツのアルバム」からの写真。ハンガリーからのユダヤ人編成列車が到着したところ。焼却棟Ⅱに送られる群集の後方に、焼却棟Ⅲの焼却炉の正面がはっきりと見える。（Institut Yad Vashem／Fondation pour la Mémoire de la Shoah）

焼却棟Ⅱの焼却炉の全容。稼動数週間前。（Musée d'État d'Auschwitz-Birkenau）

解放で廃墟になった焼却棟Ⅱ。手前にある木の幹は、場所を隠すために1944年の夏に積まれたもの。（Mémorial de la Shoah／CDJC.）

ビルケナウの焼却棟Ⅱの廃墟の前で証言するシュロモ。隣りにいるのはアウシュヴィッツ専門の歴史家、マルチェッロ・ペゼッティ（2004年3月）。（Sara Berger）

シュロモとアブラハム・ドラゴン（元特殊任務部隊）。2004年7月、イスラエル。（Marcello Pezzetti）

シュロモとレムケ・ピリスズコ（ハイム）（特殊任務部隊のメンバーで、元焼却棟Ⅱの看守）。2004年7月、イスラエル。（Marcello Pezzetti）

左から；アブラハム・ドラゴン、兄弟のシュロモ・ドラゴン、エリエゼル・アイゼンシュミット、ヤコブ・ガバイ、ジョセフ・サッカル（後）、シャウル・ハザン。ビルケナウで。（Marcello Pezzetti）

兄のモーリス・ヴェネツィア、従兄のダリオ・ガバイと並ぶシュロモ。（Marcello Pezzetti）

序文

ショアー記念財団会長　シモーヌ・ヴェイユ

シュロモ・ヴェネツィアは、一九四四年四月十一日にアウシュヴィッツ＝ビルケナウに着きました。その四日後、私も同じところへパリ近郊のドランシーから着きました。私たちは一九四三年九月まで——彼はギリシャで、私はニースで——イタリアの占領下で、一時的にしろ強制収容を免れている気持ちで生きていました。しかし、イタリアの降伏後、すぐにナチスの締めつけが強くなり、それはニースのあるアルプ＝マリティーム県とギリシャの島々で生活していた人々にも及びました。

私がショアー〔ヘブライ語で「破滅」、とくにホロコースト〕のことを話すとき、よく取りあげるのがギリシャ系ユダヤ人の強制収容と撲滅への経緯です。というのも、ギリシャで起きたことが、「最終的解決＝ユダヤ人絶滅政策」を実行するナチスの激しい敵意と執念をものの見事にあらわしているからです。ナチスはユダヤ人を追跡してどんな小さな島、どんな辺鄙《へんぴ》な島までも行っています。そういうわけで私は、シュロモ・ヴェネツィアの物語をとりわけ興味深く読みました。イタリアの市民権を持つユダヤ人の彼は、ギリシャ語だけでなく、生まれ育ったテッサロニキ〔ギリシャ北部の歴史都市、サロニカともいう〕のユダヤ人の方言、ラディノ語も話します。ヴェネツィアという名前は、スペインに住んでいた先祖が一四九二年のユダヤ人追放令で国を追放されて彷徨《さまよ》い、ギリシャのテッサロニキに定住する前にイタリアを通ったことからきています。「バルカン諸国のエルサレム」と言われる町テッサロニキでは、ユダヤ人共同体の九十パーセントが抹殺されました。

私は元強制収容所に収容されていた人たちの本をたくさん読み、そのたびに私も収容されていた収容所での生活に引き戻されています。しかし、このシュロモ・ヴェネツィアの本はとりわけ衝撃的です。特殊任務部隊の生き残りとしてここまで完全に証言しているのは、彼ひとりでしょう。これを読むと、特殊任務部隊員がどのようにおぞましい任務を遂行するよう運命づけられたのか正確にわかります。その仕事はもっとも酷悪で、死を選ばれた強制収容者たちが服を脱いでガス室に入るのを助け、それから、必死にもがいて絡みあったままの死体を焼却炉まで運ぶというものです。意に反して死刑執行人の共犯者になった特殊任務部隊のメンバーのほとんど全員が、彼らがガス室へ導いた人たちと同じように殺されています。

この証言が強いのは、嘘偽りを断じて許さない著者の正直さにあります。著者は自分自身がその目で見たことだけを、包み隠さず語っています。焼却棟を管理する野蛮人のような悪党のこと、絶え間なく機能するガス室や焼却炉のこと。また、恐ろしい状況を緩和するかのような比較的穏やかなオランダ人SS〔SSはナチス親衛隊〕将校のこと、そして、死の機械に絶対必要な奉仕者である特殊任務部隊のメンバーが、他の収容者たちが受けた過酷な条件より生き延びるうえで恵まれていたことも語っています。さらに、この証言を特別にしているのは、シュロモ・ヴェネツィアが重い口を開いて、特殊任務部隊でのもっともおぞましい「仕事」の様子を語るのに、このベアトリス・プラスキエとの対談を待たなければならなかったことです。こうして聞くに堪えない詳細がもたらされ、犯罪の忌《い》まわしさが余すところなく明らかになります。

　シュロモ・ヴェネツィアは簡潔な言葉で、人々のやつれきった顔、憔悴《しょうすい》して諦めきり、ときに恐怖におびえた目をよみがえらせます。これらの男性、女性、そして子供たちは、彼が一回だけ、そして最後にすれ違った人たちです。自分たちの運命を知らない人たちがいます。ゲットーから来て、生き残る望みがないのではと恐れている人もいます。そして、収容所で選別され、死が待っているのを知っている人たちも。しかしこの死は、多くの人にとって解放でもありました。

　ときに人間性がきらりと光り、シュロモ・ヴェネツィアがともかくも生き延びようとした恐怖を遠のかせます。ガス室に入るところでの、仕事をするには衰弱しすぎた伯父レオン・ヴェネツィアとの出会い、そして伯父が死ぬ前に食べ物を与えようとする試み。こうして彼は伯父に最後の優しさを惜しまず示し、それからアラム語で「聖なるもの」という言葉もかけます。息抜きによく吹いたハーモニカの話もあります。そして仲間どうしの連帯行動。おかげで彼は、強制収容された多くの人たちのように、人間でいられたのです。

シュロモ・ヴェネツィアは、もし別の誰かが話したら非難にさらされそうなエピソードにも、口を閉ざそうとはしません。彼はナチスの共犯者でいる気持ちや、生き残るために必要だった利己主義、さらに収容所で解放されたときに抱いた復讐心まで、勇気を持って話し、評価を高めます。特殊任務部隊にいたからには食事も服もよく、他の収容者より苦しみが少なかったのではないかと暗に言う人々に対し、シュロモ・ヴェネツィアは尋ねます。来る日も来る日も死と接しているとき、人より少し多くパンや休憩や服があったとして、何の価値があるのかと。そう言えるのも、彼は収容所での「普通の」生活条件も体験し、それを正確に、まごうかたなく話しているからです。シュロモ・ヴェネツィアは、焼却棟で働かねばならなかったのなら、とろ火で責め殺されるほうがよかったと、ためらうことなく断言します。

それにしても、このさき自分たち自身も殺されるしかないというこの地獄で、どのように生き延びたのでしょう？　この質問に対しては、それぞれの強制収容者がそれぞれ答えています。多くはシュロモ・ヴェネツィアのように、何も考えてはいけなかったと言います。「最初の十日か二十日ぐらい、罪の大きさに絶えず打ちのめされていましたが、それから思考が止まってしまった」と。毎日、彼は死んだほうがよかったと思い、それでも毎日、生き延びるために闘いました。

シュロモ・ヴェネツィアが現在まだここにいるということは、ユダヤ人撲滅の過程で二重の勝利を意味します。なぜならナチスは、特殊任務部隊のメンバーそれぞれを「ユダヤ人」と「証人」として殺し、罪を犯したうえで痕跡を消そうとしたからです。しかしシュロモ・ヴェネツィアは生き残り、他の多くの元強制収容者たちのように長い沈黙のあと、語りました。彼や私や他の人たちが遅ればせにしか話さなかったのは、誰も私たちの話を聞こうとしてくれなかったからです。私たちは、私たちの人間性を抹殺しようとする人たちの世界から戻ってきました。私たちはそれを言いたかったのですが、不信や無関心にあい、さらには反感まで買いました。強制収容から何年もたってやっと勇気を持って話せたのは、ついに私たちの話を聞いてもらえたからです。

それゆえこの証言を、他のすべての強制収容者たちの証言として、読者の方一人ひとりに熟考と警戒への呼びかけと理解していただきたいのです。シュロモ・ヴェネツィアは、特殊任務部隊について教えてくれる以上に、絶対なる恐怖、「人間性に対する犯罪」、ショアーがどんなものだったかを思い起こさせます。シュロモ・ヴェネツィアの声は、すべての強制収容者の声と同じように、いつかは消えるでしょう。しかし、彼とベアトリス・プラスキエとのこの対話は残るでしょう。これは最後の証人のひとりと、新しい世代を代表する若い女性との対話です。彼女は聞く耳を持っていました。というのも、彼女自身ここ何年も、歴史の忘却との闘いに人生の大半を費やしているからです。彼女に感謝しなければなりません。とくに、シュロモ・ヴェネツィアがその衝撃的な過去へ戻るのにつきそった勇気に対して。

忘れることなく、シュロモ・ヴェネツィアの声が永遠に響くようにするのは、これからは若い世代の責任です。

本書によせて

ベアトリス・プラスキエ

この証言は、私が歴史家マルチェッロ・ペゼッティ氏の助けを借り、二〇〇六年四月十三日から五月二十一日にかけてシュロモ・ヴェネツィア氏とローマで行った対談をもとに編集されました。イタリア語で行われた対談を、できるだけ原語のニュアンスに近くフランス語に翻訳したものを、シュロモ・ヴェネツィア氏自身に見ていただき、物語の信憑性を損なわないようにしてあります。

人間の命を粉砕する機械の中心にいたシュロモ・ヴェネツィア氏は、「有無を言わさず殺された」犠牲者たちの証言を伝えることができる、数少ない生き残りのひとりです。偶然にでも例外的にでも助けられることのなかった犠牲者たちは、忘れられてしまった無数の顔のなかに埋もれています。

この証言は記憶をとどめる以上のものです。私たちの歴史のもっとも暗い部分に光をもたらす歴史的な資料です。

まえがき

私はこの本を、私の二つの家族に捧げます。戦争前の家族と戦争後の家族です。最初に考えるのは、大好きだった四十四歳の母と、二人の妹、十四歳のマリカと、十一歳のマルタです。若くして五人の子供を持つ未亡人になった母が送った人生のことはよく考えましたし、どんなに大変だったかと思うと悲しくなります。母は限界ぎりぎりの我慢をして多くの犠牲を払い、私たち子供を健全な信条で、正直に、人を尊敬するようにと育てました。母の犠牲と苦労は、アウシュヴィッツ＝ビルケナウのユーデン・ランプで家畜運搬用の車両から降りる間もなく、二人の妹と同時に消され、抹殺されました。一九四四年四月十一日のことです。

もう一つの家族は、大きな悲劇のあとに生まれました。妻のマリカと三人の息子、マリオ、アレッサンドロ、アルベルトは、私以上に多くのことを知り、根っからの正直者で、他人を尊重しています。妻がしっかりしているおかげで、息子たちは私が自慢できる大人に成長しています。マリカはまた、私を大変大事にしてくれ、収容所に収監中に患った障害の苦しみを和らげてくれます。愛情をあまり言葉にしない私ですが、彼女への愛情にはどんな言葉を使っても足りません。これまできみがしたことすべてに対して、そして五人の孫、アレッサンドラ、ダニエル、ミケーラ、ガブリエル、ニコルと、三人の義理の娘、マリアン、アンジェラ、サブリナにしていることに対して、ありがとう。

みんなの夫であり父であり祖父の
シュロモ・ヴェネツィア

第1章

収容前——ギリシャでの生活

私はシュロモ・ヴェネツィア、一九二三年十二月二十九日、ギリシャのテッサロニキで生まれました。名前が「ヴェネツィア」とイタリア系なのは、その昔にスペインにいた先祖がユダヤ人追放政策で国を離れなければならず、ギリシャに落ち着く前にイタリアにいたからです。当時はスペイン系ユダヤ人には家族名がなく、ソロモンの息子アイザックなどと呼んでいました。イタリアに着いたときに住んだ街の名前を家族名に選んだのです。ユダヤ人の家族に街の名前が多いのはそういうわけです。私たちの場合はイタリアの市民権を持ち続けることができました。

きょうだいは五人で、男の子が二人と、女の子が三人でした。兄のモーリスは私より二歳半年上、次の姉のラッチェルは私より一歳二か月年上。それから二人の妹マリカは一九三〇年に、マルタは一九三三年に生まれました。最初の頃、家族は小さな家に住んでいました。そう大きくはなかったのですが、テッサロニキでは貧しいユダヤ人の大半が粗末な木の小屋に住んでいたのに比べるとよほどましでした。家族が増えるにつれ、家は手狭になりました。両親がその家を売って、祖父の土地だった隣りに三階建てのもっと大きな家を建てたのは、私が五歳のときだったと思います。父はちょっと自己顕示欲の強いところがあり、家の門に続く道に赤レンガで自分の名前を書いていました。三階はギリシャ人の家族に貸していました。その家賃で父は税金を払っていたようです。ところが運悪く、父が突然若くして亡くなり、すべてが変わりました。一九三四年か一九三五年だったと思います、あとに五人の子供が残りました。

――シュロモさんはまだ小さかったはずですね。お父さんの死をどう乗り越えたのでしょう?

「私は十一歳でした。その日は父の従姉《いとこ》が学校へ迎えに来て、父に会いに病院へ連れていってくれました。父は肝臓の病気で手術を受けたのですが、手のほどこしようがなかったのですね。おまけに病院に着く前に亡くなって、死に際に間に合わなかった。一瞬にして私たちは母子家庭になり、収入もなくなったのです。父は祖父が建ててくれた小さな理髪店を営んでいました。亡くなったからといって、もちろん私に代わりはできません。まだ子供だったからです。そこで父の助手が事業を引き受けて、交換条件として、週にわずかの歩合を母に払うことになりました。でも、五人の子供を養うには足りません。それでも家族が毎日少しでも何か食べられたのは、母の四人の兄弟が助けてくれたおかげです。私は木曜ごとに伯父たちの家へ行き、母のために取っておいてくれた自家栽培のナスや玉ネギや他の野菜の入った袋をもらってきました。この援助がないと駄目でしたが、それでも足りず、私は父が亡くなって一年後には学校をやめなければならなかった。仕事を見つけて家にお金を入れるためです。十二歳になるかならないかでした」

——お兄さんは何をしていたのですか？

「兄は、イタリア領事館から派遣されて、ミラノのマルキオーニ技術学校で勉強していました。父は第一次世界大戦の在郷軍人でイタリア国民でしたから、何かと優先権があったのです。家族にとっては、食い扶持《ぶち》が一人分減ることでもありました。一九三八年にイタリアで人種法が公布されると、兄はミラノの学校を追放され、ギリシャに送り返されました。兄も勉強を最後までできなかったのです。

その頃にファシスト政権は本当の顔をあらわしたのですが、父はそれを知りませんでした。父はギリシャのイタリア人でいることを心から誇りに感じ、進んで新政権の黒いシャツを着て、機会があると行列に参加していました。それも誇らしげに。父にとってムッソリーニは社会主義者でした。ファシズムの本当の姿を理解していなかった。遠くにいすぎて、その政権が道を踏み外すのを見ていなかった。旧軍人として、イタリアが主催するデモやパレードには全部参加していました。それだけが父の楽しみだった。そうすることで父は、テッサロニキの他のユダヤ人に対して威信を示していました。イタリア系ユダヤ人でもイタリア国籍を持ち続けているのはそう多くなかったのです。大部分は父のように行動し、本国の状況を本当には理解せず、遠くから現実を見ていました」

――テッサロニキでは、イタリア系ユダヤ人とギリシャ系ユダヤ人のあいだに違いがあるのを感じましたか？

「街に六万五千人いるユダヤ人のうち、イタリア出身はせいぜい三百人だったと思います。私たちだけがイタリア系の学校に子供を通わせることができました。ユダヤ系の学校と比べると、優遇されていましたね。すべて無料で、教科書は与えられ、食堂で食べ、肝油を支給された……。制服もとてもかっこよく、男の子は飛行機、女の子はツバメのマークがついていました。

その頃のファシストは、イタリアの繁栄を前面に押し出そうとしていました。他国に対するプロパガンダだったのですが、私たちはその恩恵に浴したというわけです。土曜日になると学校で「ファシストの土曜日」という催しがあり、生徒は全員参加しなければなりませんでした。そういう行列に参加するのが私は自慢で、他の子と違っているように感じ、とても嬉しかった。また、ファシスト党青年の全国組織バリーラと一緒に、夏休みのキャンプでイタリアへも二回行きました。旅行など誰もしていなかった時代です。それから、イタリア大使館の援助も多く、他でも恵まれていました。

たとえば祭日などに、お金のあまりないイタリア人に領事館が靴や本を配りました。私たちにとっては、こういう小さなことが大きかった。ここで言っておかなければならないのは、テッサロニキのユダヤ人共同体は三つに分かれていたということです。一つはごく少数の大金持ち、もう一つは一部のなんとか暮らせる人、でも残りの大半は、朝仕事に出かけても、夕方に家族を食べさせるのに必要なお金を持ち帰ることができるかどうかわからずにいた人たちでした。私の家がどの部類に入ったのかは難しいですが、「腹が減った、何か食べよう」とはとても言えない状況でした。なにしろ、すべてが足りなかった。いまの子供たちが無理やり食べさせられるのとは大違いです。とにかくすべてが制限され、各自が自分で食べるものを調達しなければなりませんでした。覚えているのは、隣りの人たちがもっと貧しかったということです。母はそういう人たちをいつも助けようとしていました、私たち自身も必要だったのに。つまり、それだけまわりは極貧状態だったということです。でも、おかげで私の性格が鍛えられました。つねに欠乏を感じていると、人間は強くなるものだと確信しています」

――テッサロニキのユダヤ人の生活はどのような毎日だったのですか？

「街には五、六か所ユダヤ人地区があって、みんなとても貧しかったですね。普通は各地区に通じる市街電車の番号がついていたのですが、いちばん大きなところはバロン・ヒルシュと呼ばれていました。テッサロニキのユダヤ人共同体を援助した金持ちの男爵の名前です。地区の住人の九十パーセント以上がユダヤ人でした。私たちはこの地区のすぐ外に住んでいたのですが、私はほとんどいつもユダヤ人と一緒でした。家で食べるものはすべてユダヤ式に血を抜いたコーシャ食品。でもそれは家族の宗教心が厚かったからでなく、ユダヤ地区の店にあるのは全部コーシャ食品だったからです。とくに、滅多に買えない肉がそうでした。肉は金曜日にえんどう豆と一緒に食べたのですが、貧しいなかでいちばん贅沢な料理でした。コーシャでない食品は、本気で探さないと駄目で、地区外の遠くまで行かなければなりませんでした。学校の食べ物はコーシャではなかったのですが、私には何ともなかった。私たちにとっていちばん大事なのは、空腹で死なないために食べることでした。

まわりには宗教心の厚いユダヤ人がたくさんいました。でも、ポーランドの小さな村ほどではなかったと思います。あちらでは村人が全員、熱心に規律を守っていましたからね。私は十三歳の成人式バルミツヴァをしたとき、ヘブライ語が読めなかったので全部暗記しました。父はもういなかったので、祖父にシナゴーグ〔ユダヤ教の教会〕へ連れていってもらいました。その日から、祖父の家へ泊りに行くたびに、明け方に起こされて朝の祈りを一緒にさせられそうになって。でも、私はまだ十三歳で眠っていたいですからね、ぶつぶつ言いながらベッドで寝返りを打ち、なんとか逃れようとしたものです」

——ユダヤ人とそうでない人との関係はどうだったのですか？

「とくにこれといった問題はありませんでした。友だちの大半はユダヤ人でしたが、私はキリスト教徒ともつきあっていました。それでも喧嘩のようなことはありました。周辺の若者がユダヤ地区にやってきて、私たちを挑発し、ユダヤ人に暴力をふるう。でも、それはただの子供どうしの喧嘩でした。それを反ユダヤ主義と言えるかどうか、私にはわかりません。一度だけ、危ない目にあいそうになったのは覚えています。私は十二歳か十三歳だったと思います。その頃は土曜の夜になると、女の子を見たり会ったりするのに、よく他の地区へ遊びに行きました。でも、男の子はすぐに嫉妬して、私たちを自分たちの地区から追いだそうとする。一度、四、五人の友だちと一緒に他の地区の仲間とばったり遭遇したことがありました。友だちは走って引き返したのですが、私は無謀にもそのまま歩いていた。でも、相手がかなり怒っているのがわかったので、びっこを引くふりをしました。するとすれ違いざまに「おまえには何もしないさ、びっこを引いているからな。さもないと……」と言われました。私はそのまま十歩ほどびっこを引いて、あとは全速力で逃げました。こんなことは子供ならみんなやっていたことです」

――では、ユダヤ人に対する特別な敵意は感じていなかった……。

「不愉快な緊張感を味わったのは、ギリシャ正教の復活祭のときだけでした。そのときは映画館で、反ユダヤをあおるような映画を上映しました。ユダヤ人はキリスト教徒の子供を殺し、その血を使って種なしパンを作るというような。そういうときがいちばん難しかったのですが、それが暴力に発展したかどうかは覚えていません。それより、ユダヤ人でいるのが辛いと思ったのは、政権が変わってファシズムが権力を握ったときですね。そうじゃなくとも、ユダヤ人というだけで問題視されました。喧嘩を仕かけたのが他の子でも、つねにユダヤ人のせいにされました。でも他のことではどうでしょう。世界の問題とあまりに離れていましたから、その頃ドイツで何が起きているかを知っている者はわずかでした。というより、最後まで誰もそういうことを想像できなかった。なにしろ、電話はないし、ラジオは街の二台のタクシーについていただけですからね。二人いる運転手のひとりがユダヤ人で、その車の横を通ると、誰かが変な声で喋っているのが聞こえ、それがラジオでした。面白くて、ラジオがどうやって作られているのかみんな知りたがったものです。でも、いずれにしろ私は小さすぎて、それが何を意味するかまで興味はなかったですね」

——つまり、あなたは十二歳で自力で何とかしなければならず、学校をやめて働かなければならなかった……。

「ええ、家族以外に私を勇気づけ、勉強を支えてくれる人は誰もいませんでした。母はギリシャで生まれたのに、ギリシャ語が話せなかった。ユダヤ人はたいていそうでしたが、両親は娘たちが非ユダヤ人とつきあうのを望まなかったのです。私が家で話す言葉はラディノ語といって、ユダヤ系スペイン語の方言でした。でも、街で友だちと一緒のときはギリシャ語を話しました。私のギリシャ語は完ぺきで、テッサロニキのユダヤ人特有のアクセントもイントネーションもなかった。知識は全部街で学んだものです。ユダヤ人学校には行かず、イタリア系の学校に行っただけでしたからね。人生について教えてくれる父もいなかったし、母は現実的なことを勧めるだけでした。貧しい家庭では、日々大事なのは教育ではなく、食べ物を見つけることだけ。みんなそうやって環境とともに成長したのです。

そう、私は十二歳でしたからね、子供にできる小さな仕事を次々としました。少しでも家にお金を入れて母を助けるために、見つけた仕事は全部した。たとえば、鏡を作る小さな工場で数か月働きました。まだ子供だったのにプレスの仕事をさせられて、鏡を取っ手に鏡を固定させていました。それから、友だちのお父さん、ユダヤ人ではなくイタリア人でしたが、その工場でも働きました。熱サイフォン〔温度差により水が対流する装置〕を作っていた工場です。家の近くにあるベッドの製作所でも働きました。あれやこれや……、小さな仕事で大したことはしなかったのですが、母にとってこのお金は特別だったようです。

兄はまだイタリアにいて、母も姉も妹も仕事はしていませんでした。母は非常に若く結婚して、人生から授かったものは私たち五人の子供以外、何もなかったのです。家族のためにすべてを捧げ、私たちのためにできることはすべてしました。母の唯一の楽しみは、私たちがまだ小さかった頃、日曜の夜に出かけること。両親は私たちを、ビールとチーズを売っている小さな店へ連れていってくれました。テーブルについてビールを一、二杯頼むと、給仕がチーズを少し運んできました。私たち子供が代わる代わる一口ほしいとねだるので、両親はおちおちしていられない。母の分は終いには何も残りませんでした。これは思い出すと悲しくなるのですが、私はよく覚えています。母を助けるために自分に何ができたのだろうと、よく考えました。母のことは本当に好きでしたし、母が私に特別な愛情を持っていたのも知っていました。母はドゥンドゥン・アンジェル・ヴェネツィアという名前でした。母は私たちのためにどんなに自分を犠牲にしたか。私は自分ではできるだけ母を助けたつもりですが、もっと助けたかったと思っています。

でも、私もまだ若くて、せっかくの人生を楽しみたかったのですね。たとえば、自転車を買いたくて、小銭をいくらか取っておきました。自転車が大好きだった。結局は自転車を買うなんてできないので、自分でスクーターを作ってみました。長い木片を使い、もう一本をハンドルにして、車輪二つはどこかで見つけ、ハンドルの向きを変える工夫をしました。それはできたのですが、走らせるには、できる場所まで二、三百メートル歩かなければならなかった。このスクーターで、子供心に初めて大きな失望感を味わうことになります。いざ試運転しようと出た最初の日、私は大得意で、とても幸せでした。手製のスクーターを肩に担いで、止まっている荷馬車の横を通りました。泥道がぬかるんで、馬が荷馬車を引っぱれないでいたんです。私が通るのを見ると、荷馬車の男は何も言わずに私からスクーターを取り上げ、それで馬をばんばんと叩きました。馬は怖がって、足を取られていた泥から抜けだしました。私のスクーターは無残にも完全に壊されて、地面に放りだされたままでした。私は泣きだすしかなかった。男は私のスクーターを取って壊し、馬は泥から出たのに、私は泥のなかに残ったのです。この玩具を作るのに全エネルギーを注いだ子供の失望がどんなに大きかったか、想像してください。人生の勉強になりました」

——お兄さんがイタリアから帰ってきたとき、何か変わりましたか？

「兄が戻ったのは一九三八年、ユダヤ人をイタリアの学校から追放する法律が公布されたあとです。家の状況にこれといった変化はありませんでしたが、私は兄を少し恨んでいました。家族のことを考えなければいけないのに、自分のことばかり考えて、遊びにばかり行っていましたから……。兄は兄で、自分を遠くへ送った母を恨んでいたと思います。兄と私はそれほど仲良くなかった。兄には兄の仲間がいて、私には私の仲間がいました。姉とは、私のほうが年下なのに保護者のような役をしていました。いつだったか、姉が自分で作ったブラウスの襟元が開きすぎていると思い、破いてしまったのを覚えています……」

——戦争の影が近づいて周りの反応はどうでしたか。そして戦争が始まったときはどうでしたか？

「みんなあまりよく理解していませんでしたね。共同体の責任者が集まって、それについて話していました。みんな心配して、モーセの律法を眺めて戦争を解釈しようとしていた。でも、私たちにとっては遠い出来事でした。ドイツについてはいくらか耳にしました。私が知っていたのは、ドイツの政権がユダヤ人を恨んでいるということだけでした。でもそんなことより、みんな腹が減って、自分たちの生活に追われていたので、将来について考える時間もなかった。そんなわけで、あとになってドイツ人は何の問題もなくギリシャのユダヤ人を強制収容できたのです。彼らは、向こうへ行けば家族に合った住居を与え、男が仕事に行っているあいだ女は家に残れると、簡単に信じこませました。私たちはうぶで、政治のことなど何も知らなかった。それと私が思うに、みんなはドイツ人は正確で正直者と考えていたところがあります。「メイド・イン・ジャーマニー」のものを買うと、ちゃんと動いて正確でした。みんなドイツ人が約束したことを信じたんです。食べるものがなかった者たちは、仕事をすれば家がもらえると言われても、そう悲惨なこととは思わなかった……。

私たちにとって戦争が本当に始まったのは、一九四〇年十月のイタリアによるアルバニア侵攻でした。イタリア軍はギリシャに侵入する前にもテッサロニキを爆撃しました。爆撃で家は燃え、住民は恐怖に陥りました。イタリアが宣戦布告すると、ギリシャの警察はすぐにイタリア国籍の男を逮捕しに来ました。私はまだ未成年だったので逮捕されませんでしたが、兄のモーリスが連れていかれました。知り合いの警官に、いまは残っていられるが、問題を起こしそうなものは持たないように注意しろと言われました。私は彼が何を言いたいのかすぐにはわからなかったのですが、じつは鏡をポケットに入れているのが見つかると、飛行機に合図したということで告発されたのでした。

こうして兄は捕まったのですが、逮捕されたのは兄だけでなくイタリア人全員、ユダヤ人も非ユダヤ人もで、街の中心にある大きな建物に連れていかれました。刑務所ではなかったのですが、外へは出られない。問題は、ちょうどその地区にイタリアが爆撃したことです。幸い、兄たちは殺されませんでした。そういうことがあったのでアテネの近くに移送され、イタリア軍が到着して解放されました。従兄のダリオ・ガバイも兄弟や父と一緒にそのなかにいたのですが、あとで私に話してくれたことによると、ひとりの金持ちのユダヤ人がお金を出し、イタリア系ユダヤ人をホテルに入れて監視下に置いてくれたそうです。少なくとも、家よりいいものが食べられたと思います。

私はそのあいだ、毎日、ギリシャ軍の兵士に占拠された家の屋根に上っていました。毎日同じ時間にトラックが一台来て、兵士に食糧を支給していたんです。私は兵士と仲良くなって、彼らは私がイタリア国籍などとは知りませんでしたから、私にも食べ物をくれました。私は何もしなかったのですが、少なくとも食べることができました。こういう状態が三か月続きました。イタリア軍は前進してから、ギリシャ軍に撃退されました。イタリアは侵入したのですが、ギリシャが押し返したのです。結局は、ドイツがギリシャの北から入り、同盟のイタリア軍を援護しました。私たちにとって不幸だったのは、ギリシャの北の中心都市テッサロニキが、すぐにドイツ軍に占領されたことです。仮にイタリアが、街ではなく橋や軍事施設を爆撃していたら、簡単に侵入できたでしょう。ギリシャ軍はそれほど強くなかったからです。でも、いとも簡単にギリシャを侵略したのは、イタリア軍ではなくドイツ軍でした。

ドイツ軍がテッサロニキに入ってきた日、私たちは大きな建物の下にある避難所にいました。港の貨物倉庫の近くです。家があった駅の近くは爆撃される恐れがあったので、伯父たちが住んでいるところに近づいたのです。私はいつものように、何か食べるものはないか探していました。そのとき、港から帰ってくる人たちが食糧をいっぱい持っているのを見ました。ドイツ軍に何も残さないよう運んでいたんですね。そこで私も港へ行って、油の樽《たる》をつかみ、家族が避難しているところまで転がしてきました。途中でひとりの料理店主が私に近づき、それを売ってくれないかと頼みました。私は売ってもいい、すぐに戻って別の樽を取ってくればいいと考えました。交渉が成立して、店主はその場でかなりの札束をくれました。でも店主に油を渡して港に戻ると、もう何一つなかった。仕方なく母のところへ戻って、あったことを全部話しました。母は「なんてことをしたの？　油があると何かできたのに、お金じゃ何にもならないわ」と叫びました。私は母と一緒に店主のところへ行きました。母は店主に哀願し、店主は結局、私が売った油の半分を返すことを受け入れてくれました。

もっとも、ついていることもありました。ガレットの焼き釜を見つけ、お菓子をたくさん手にできたんです。倉庫の中へ入るいい道を知っていたからです。みんな私からお菓子を買いたがったので、私は売り始め、それからまたガレットを見つけたところへ戻りました。そのあいだに入り口を閉められたのですが、私は小さな穴を見つけ、そこから滑りこむことができた。そうして取れるだけ取って、家へガレットとお金を持って帰りました。

ドイツ軍が到着すると事態は悪くなるいっぽうで、食べ物を見つけるのもどんどん難しくなっていきました。私はイタリア人だったので、他のユダヤ人よりも援助は受けていましたが、街はドイツ軍に占領され、イタリア軍の兵士はそう多くなかった。でも私は、ドイツ軍の兵士とも仲良くなりました。おかげで簡単に食べ物を見つけることができた。それとは別に、イタリア領事館が週に一回は缶詰やパスタ、パルメザンを私たちに支給して、援助を続けていました。私たちの家族は六人だったので、持ち帰るものはたくさんありました。私は支給場所へ行くのに荷車を使いました。帰りは近道をしたくて、安全な普通の道を通らず、通りにくいけれども早く行ける道を使いました。一度、ギリシャの警官が私を止めて言いました。

「そこの、おまえ！　これを全部どこから取ってきたんだ？」

「もらってきたんです。ぼくはイタリア人だから、権利があるんです」

「いやあ、おまえの言うことは信じない。警察までついてこい」

「なぜですか？　何も盗んでいないし、これは権利です！　お願いです、このまま家へ帰らせてください！」

警官が望んでいることはただ一つ、分け前を少しもらいたいことだとわかりました。そこで彼に家までついてきてくれれば、代わりにパルメザンをあげると言った。彼はすぐに受け入れて、家まで送ってくれました。これは災難でしたが、別の警官に出会っても同じことを言われたに決まっているので、それは避けることができました。その警官には毎週会い、そのつど新たな交渉がありました。いずれにしても、遠回りをしたところで、他の誰かに捕まったでしょう。少なくとも、私はその警官に守られました。

でも、援助物資だけでは不十分だったので、私は闇取引を始め、闇市で物を交換しました。普通、昼間は他の仲間と一緒に、駅で軍の列車が通過するのを待って過ごしました。テッサロニキ駅でイタリアやドイツの兵士が降りて、私たちと売買したんです。私たちが買ったのはタバコやマラリアの薬で、それを田舎へ行ってジャガイモや小麦粉と交換に売りました。交換物資を見つけるには、列車に乗って遠くへ行かなければならなかった。運賃を払わないために車両の後ろにしがみついて、どんなに寒くてもそうしました。それは辛かったけれど、私は若く健康でした。

一度、私たちが壁にもたれて待っていると、ギリシャの警官が来て全員を警察署へ連行していきました。私たちは全員ユダヤ人で、警官はひとりずつ自分の部屋へ入れて尋問しました。私は最後だったので、警官が何をしているかすぐにわかりました。

一人ひとりの手を広げさせ、鉄の棒で血が出るまで叩く。私が部屋に入る番になったとき、言いました。

「ぼくには触れないよ、イタリア人だから！」

「おまえがイタリア人だろうが関係ない。手を開け！」

と彼は命令しました。

でも、逮捕されたとき一緒にいなかった兄が、私が警察にいるのを知り、知り合いのイタリア兵に言いに行ったんですね。その兵士が怒り狂って部屋に入ってきて、警官の衿《えり》をつかんで叫びました。

「その子はイタリア人だ、髪の毛一本でも触ったら承知しないぞ！」

——ということは、ユダヤ人より、イタリア国籍を持っているほうが重要だったのですか？

「はい、ギリシャにイタリア軍がいるかぎり私たちは守られていました。ええ、私はユダヤ人でも、当時はそれ以上にイタリア人のつもりでした。おかげでドイツ軍からも守られていました。だって、ドイツ人はすぐユダヤ人を迫害し始めたんですからね。働き手が必要になるとユダヤ地区を封鎖し、逃げようとすると誰でも捕まえました。それからユダヤ人だけを選別して、十八歳から四十五歳のユダヤ人の男を四十人ほど自由の広場に集めました。そこで辱《はずかし》めのために、自分たちが皮肉をこめて《体操》と呼んでいたことをさせました。ギリシャ人はその見世物を見て、ユダヤ人が変な動きを強制させられるのを喜んでいたんです。その辱めのあと、ユダヤの男たちがマラリアのはびこる場所での強制労働に送られるのもしょっちゅうでした。そこで一、二か月働いて、病気でがりがりに痩せて帰ってきました。生きる屍《しかばね》以上でしたね。

私も、一斉検挙のときにユダヤ地区にいたことがありました。バロン・ヒルシュ地区が閉鎖される前でした。でも、逃げ道はたくさん知っていましたからね。いくら私がイタリア人で、理論上は保護されていても、罠《わな》にはまらないほうがいいに決まっています。

それからある日、ナチス親衛隊SSの上官が来て、バロン・ヒルシュ地区を閉鎖し、周囲に有刺鉄線を張るよう命じました。最終的に閉鎖されたのは突然で、一九四二年の末か、一九四三年の初めでした。最初の強制収容が始まったのは、その三か月後です。

その頃のことで覚えているのは、ナチスの秘密警察ゲシュタポで働いていたひとりのドイツ人が、ユダヤ人に事態を知らせようとしたことです。その人は共同体の責任者たちと親しく、情報を伝えていた。このドイツ人はすぐにいなくなりました。防諜機関の工作員に密告されたのだと思います……」

――ゲットーのなかはどういう状況だったのですか？

「ゲットーという言葉は使いませんでした。私たちはただ《バロン・ヒルシュ》と言っていた。でもゲットーのようでしたね。駅に続く出口の門が一つと、入り口の門も一つで、これは他から監視されていました。地区は直後に強制収容される前の通過場所になりました。

前から住んでいた者は、包囲されて閉じ込められました。私は前にも言いましたが、地区のすぐ外に住んでいて、まだイタリア国籍で守られていました。地区が封鎖される前にユダヤ人が強制的につけさせられた黄色い星もつけていませんでした。そして領事館の資料には、イタリア国民とだけ書かれ、ユダヤ人であることは触れられていなかった。名前も「シュロモ」ではなく「サロモネ」になっていた。それでギリシャ側にいて、地区に閉じ込められた友だちを助けることができました。みんな食べる物が何もなかったので、離れた隅っこで落ち合い、囲い越しにお金を投げてもらって、私が必要な食糧を買いに行ったのです。でも、よく知った者とだけでした。それも一週間も続かなかった。というのも、みんなすぐに強制収容所送りになり、次は知らないユダヤ人になったからです。

伯父や従兄たちが強制収容される前に会うこともできませんでした。いつ出発したのかも知りません。父方の祖母も強制収容されました。父と同じイタリア国籍だったのに。でも、祖母は地区の中に住んでいたんです。外へ連れ出すために、私たちはあらゆる努力をし、兄も手を尽くしたのですが、救うことはかなわなかった。そしてバロン・ヒルシュは一時的に通過する収容所になりました。次の強制収容に向ける準備をして、列車に新たに人を詰めこむ。向こうではすでに苦しみが始まっていたんです。バロン・ヒルシュ地区に住んでいた人たちは十日間で強制収容され、それが終わると、ユダヤ人の一斉検挙は他の地区まで広がって、バロン・ヒルシュの人たちのあとに住まわされました。でも、そこで寝るのは一、二日で、すぐに強制収容されました。それも早朝に。私はアウシュヴィッツ博物館の掲示板で最初の十日間のことを読みました。一万人以上がアウシュヴィッツに強制収容されていました」*

＊一九四三年三月から一九四四年八月のあいだに二十二本の編成列車がギリシャからアウシュヴィッツに強制収容され（五万五千人以上）、うち十九本はテッサロニキから、二本はアテネ、一本はロードス島からだった。テッサロニキからのうち一本は、一九四三年の春にトレブリンカ絶滅収容所にも行っている。

——ギリシャ人はこの一斉検挙を見ていたのですか？

「いいえ、強制収容は非常に朝早く行われたからです。街にはまだ誰もいなかった。わざとその時間が選ばれた。あまり人に見られずに、こっそりやるためです。私でさえ何も見ませんでした。

ドイツ人はギリシャ系ユダヤ人全員を強制収容し終えると、今度はイタリア系ユダヤ人の家族に目を向けようとしました。このときもまた領事官のグエルフォ・ザンボーニが仲介に入って私たちを助けてくれました。彼はイタリア系だけではなく、多くのユダヤ人を救ったので、戦後の一九九二年、イスラエルのホロコースト記念館ヤド・ヴァシェムから《諸国民の中の正義の人》勲章を受章したのを知っています。ギリシャ系ユダヤ人にも偽の証明書を発行して、イタリア人として保護されるようにした。そのときは、イタリア系ユダヤ人家族の責任者を領事館に呼び、わが家は父の代わりに兄が行ったのですが、ドイツ人が私たちを強制収容しようとしているがイタリア政府はそんなことはさせないと言いました。彼は私たちに選択肢を与えてくれました。そのときはまだイタリア行政下にあったアテネに移送されるか、船でシチリアに送られるか。集まったイタリア系ユダヤ人のなかには、ギリシャに工場や事業所を持っている人がいたので、みんな近くに残って事業を監視するほうを望みました。そこで全員の名でアテネへ行くことに決めた。不幸にも、この選択は私たちにとっても死の選択だったのです」

——アテネへの移送はどのように行われたのですか？

「あれは七月でした。私たちはマットレスと、姉が結婚のために準備したものを全部持って家を出ました。姉の婚約者はイタリア人ではなく、一九四三年に家族全員と強制収容されていました。

イタリア軍はアテネに向けて出発する列車を用意し、私たちはドイツ軍を列車内に乗せないように命令されたイタリアの軍人に守られて出発することになりました。誰から見てもこの移送は同盟二国間の紛争の種でしたが、イタリア軍の判断は、それは自国の問題だということで、アテネに着くまで二日もかかりました。ドイツ軍があの手この手でテッサロニキからの道を妨害しようとしたからです。さまざまな策を使い、他の列車を優先的に通らせるため断続的に止まらせたり、車庫の引込み線に何時間も待たせたりしました。その頃すでに、ドイツ軍はイタリア軍の言うことをあまり聞き入れなかった。彼らは、とくにユダヤ人に関することはすべて支配できると主張していました。イタリア兵は兄に武器を一つ与え、何かあったときに私たちを守るようにと言いました。途中で列車は、強制労働に駆りだされた最後のユダヤ人が働いている、マラリアに汚染された区間を通過しました。列車の機関士はイタリア兵との同意のもとで、何人か列車によじ登られるよう速度を落とし、私たちと一緒に逃げられるようにしました。こうして男の子がひとり私たちの車両に乗ってきて、イタリア軍の保護のもと、アテネに残りました。

ついにアテネに着き、私たちはある学校に落ち着きました。アパートを借りるお金のある者はそうしました。学校に残ったのは二十家族ほどだった。すぐに食糧の問題が生じました。働いていないのに、食べる物を見つけなければならないんです。イタリア領事館からは一日に一食しか支給されず、その援助も一九四三年九月八日で終わらざるをえなかった。イタリアが降伏して、ドイツとの同盟が破棄されたからです。アテネには闇市がなかったので、他のことをしなければなりません。一緒に学校で寝起きしていた老人たちは、自分たちで物を売りに行けないので、私に物を預け、それを私が蚤の市に売りに行きました。一般に老人たちは、金糸で縫った非常にきれいな伝統服を持っていました。祭事の日に着たんですね。それらは非常に高価な服だったのに、二束三文で売らなければならなかった。それほど食べ物に困っていた……。私はその人たちがくれる物を受け取り、いくらにしてほしいかを聞いて話をまとめ、それより高く売れたときは、差額をもらって家族を養うために使いました。私はすぐに、こういう服を売るには娼館へ行くのがいちばんいいことがわかりました。お金がするする出てくる。女性なら仕事には事欠きませんからね。そして気に入りさえすれば、いくらだろうと関係ない。私が二十と言うと、文句一つ言わずに二十払ってくれました。その代わり、他の物を売るには市場へ行かなければならなかった。姉が持参金として準備した物の大半を売ったのはそこです」

——一九四三年九月八日のイタリア降伏以降、事態はどうなりましたか？

「イタリアが休戦を要求したという噂はすぐに広まりました。アテネには、私が知るかぎり、何千というイタリア兵が兵舎などにいました。そのなかの多くの兵士と知り合いになった。でも、ドイツ軍が全責任を引き受けると、多くのイタリア兵が宿舎に戻って寝るのを拒みました。ドイツ軍の捕虜になるのが怖かったんですね。その頃、私はすでにギリシャのレジスタンスと接触していて、街でも多くの家族を知っていました。そこで、そういう家族に兵士の世話をしてもらい、宿舎に戻らなくてすむようにしました。そうやって七、八人は助けました。そのあと、ひとりの兵士がかくまってもらった家族の娘と結婚したことも知りました。その間に、私も家族を避難させたいと思いました。イタリアの保護を失ったいま、遅かれ早かれ今度は私たちが強制収容されることは疑いもなかったからです。

ドイツ軍はイタリア兵の調整を始めました。イタリア兵に、ドイツ軍側で戦争を続けたければ、事務局で登録すべしと言いました。反対に、国に帰りたければ別の事務局に行かなければならなかった。大半はドイツ側について戦争を続けるのを拒否し、そうして言われた事務所へ登録に行きました。数日後、帰国を望む兵士に、この日にこの場所へ行くよう情報が伝わりました。でもそれは罠だった。兵士たちは、ユダヤ人を強制収容するのに使われたような車両に詰めこまれたんです。あとで知ったのは、ドイツの工場に送られ、強制労働させられたということでした」

――そういう状況下で、どのようにレジスタンスと接触したのですか？

「その地域で、兄と私はたくさんの人と知り合い、つきあうようになっていました。事態がうまくいきそうになく、近く強制収容されるのが確実だとわかったとき、レジスタンスと接触しようと考えたのです。母と姉と妹たちを山に送って避難させたかった。問題は、ギリシャのレジスタンスは私たちがイタリア人だと知っていて、あまり信頼してくれなかったことです。山岳地帯で活動するマキ団にはこれ以上人員は必要ないと言われ、役に立ちたいなら、街に残って妨害活動を助け、情報を秘密裏に伝えることしかないと言われました。

そこで、私たちは小規模の妨害活動をすることにしました。行動したのはおもに夜でした。昼間は密告者やスパイ、ドイツ軍に協力するギリシャ兵たちの目がありすぎて、何もできない。だから、夜になって小さな集団を作って実行したんです。活動は地区によって分担しました。ドアの下からビラを滑りこませ、翌日また来るので何か援助物資をくださいと書いておく。そんなことをすると普通は危険だったんですが、みんな私たちを助けてくれました。こうして私たちはギリシャのレジスタンス運動員

《アンダルティス》になったんです。

最終的に、レジスタンス側は山中に母と妹たちをかくまう場所を見つけてくれました。兄と私は街に残らなければならなかった。でも、私たちをかくまってくれるはずの女性が、私たちが行く前に密告されてしまった。母はしばらく妹たちと村に隠れていましたが、ギリシャ語が話せなかったので、私たちのそばにいたいと言って学校に戻ってきました」

——ドイツ軍はアテネに侵入してすぐユダヤ人を集めようとはしなかったのですか？

「しませんでしたね。最初の数か月間、私たちはとくに何も感じませんでした。私たちはドイツ軍が負けたという話を聞いていたので、そういう緊急事態にアテネのユダヤ人を強制収容するようなことはしないだろうとたかをくくっていました。一九四四年の一月か二月に、ユダヤ人の男は全員、毎週金曜日にシナゴーグにある事務所に登録に行くように言われました。私は兄と一緒に行ったのですが、ちょっとでも変な動きがあるといつでも逃げられるよう、小さなスーツケースを持っていきました。でもある金曜日、一九四四年三月の終わり頃でしたが、間違えて朝早く行ってしまった。その日は、いつもならすぐ帰れるのにとどまるように言われ、シナゴーグの大部屋に入れられて、シナゴーグの責任者から、登録に来た他の人たちと一緒にそこにいるように頼まれました。原則として、ドイツの将校が到着するのを待たねばならないということでした。じつはそれはドイツ軍が考えた口実で、私たちを有無を言わさず中へ入れておくためだったんですね。人々は登録に来た順にシナゴーグへ入れられました。正午頃、どんどん人が入ってくるのを見て、罠にはめられたとわかりました。外を見ようにも窓は非常に高かったので、私は仲間の肩に上って見ました。外で見たのは、たくさんのSSのトラックと、自動小銃をかついで犬を連れたドイツ兵たちでした。私はみんなに、包囲されている、急いで出る方法を見つけないと連行される、と言いました。そこにいたのはほとんどがアテネとその周辺のユダヤ人でした。私たちのようなテッサロニキのユダヤ人と違って、強制収容を見ておらず、ドイツ軍が何をするかなど知らなかった。そこで、何もしないことになりました。将校が来る前に出ようとしたら殺されるに決まっていた。午後の二時になっても将校は来ない。ところが外ではすべて準備されていたんです。外へ出るよう命令され、出ると目の前にトラックがいて、武装した兵士に取り囲まれていました。兵士たちは「それっ！　さあっ！」と声をあげ、私たちは強制的にトラックに乗せられました。まわりで見ていた人がいたかどうかは覚えていませんが、そんなに近くではなくても、何人かいたのはたしかです。

私たちがトラックで運ばれていったのは、アテネのハイダリの大刑務所でした。百五十人近くいたはずです。建物の中には場所がなかったので、私たちは刑務所の中庭にあるシャワー室に押しこめられました。そこにはベッドも藁《わら》布団も何もなく、コンクリートの床と、頭の上にシャワーがあるだけでした。私たちはぎゅうぎゅう詰めで、横になる場所もほとんどない。とても辛くて、苦しかった。中庭では、定期的に発砲音が聞こえました。政治犯の略式処刑です。シャワー室は有刺鉄線の近くにあり、私たちは兵士に見張られていました。その制服は見慣れないものでしたが、イタリアの制服に似ていました。私は例によって馬鹿ですから、見張りをしているひとりの兵士に近づいて言いました。「ぼくイタリア人！　ねえ、逃げられると思う？」　もちろん、兵士に即座に銃を突きつけられたので、私は後ずさりし、手を上げて言いました。「いやいや、そのまま。ぼく、何か言った？」　彼はドイツ軍に協力するギリシャ民兵のファシストでした。ある意味で、彼は私の命を救ってくれました。だって、もし逃げられると言われたら、私は確実に殺されていた。ドイツ兵がすみずみに、二十メートルおきに置かれた監視所にいたからです」

——本当に逃亡できると考えていたのですか？

「ええ、いつも。というのも、私はテッサロニキで起きたことを知っていたからです。

シナゴーグでもそうでした。ドイツ軍がテッサロニキでしたこと、強制労働やゲットー、強制収容など、私たちが説明しようとしたことをもしみんなが真面目に聞いてくれたら、たぶん、力ずくでも脱出できたでしょう。手遅れになるまで待つことはしなかった。逃げられたし、逃げるようにすべきだった。たしかに、何人かは殺されたでしょうが、いずれにしろ、死に向かっていったんですからね。みんな言われたとおりにしていれば、免れるだろうと希望を持っていた。それは逆でした」

——誰と一緒にいたのですか？

「兄と、従兄のダリオとヤコブ・ガバイです。ヤコブは結婚していて、弟のダリオはヤコブより十二歳年下、二十一か二十二歳だったはずです。

私は小さなスーツケースの他に、母から預かった金貨を五枚持っていました。母は兄にも五枚の金貨を与えたのですが、兄はすぐに使ってしまった。母は、伯父たちと祖父母が強制収容される前に預けた宝石のなかから、この十枚を取っておいたんです。母はそれを封筒に入れて、何があっても使おうとしなかった。いずれ伯父たちが帰ってきて、このお金が必要になるだろうと思いこんでいたんですね。他の人間だったらこのお金を逃げるのに使ったでしょう。でも母はあまりに正直で、私たちにいつも言っていました。「このお金に触る人には用心なさい！」 でも、状況が深刻になったのを見て、諦めて私たちにくれることにしたのです。私たちの命が危なくなったときのためです。ところが、私が大事にしまっていた五枚の金貨をハイダリで取られそうになった。

こういうことです。私たちが刑務所に着いた翌日にドイツ軍が来て、罵声とびんたで私たちをシャワー室から中庭に出し、五列縦隊で並ばせました。空《から》になった部屋でめぼしいものを物色してから、そこに居座り、私たちを五人ずつ中へ入れて、服を全部脱がせて入念に調べ、そうしてできるかぎりの物を盗んだんです。持っていた貴重品をすぐに渡さない者は、ひどく叩かれました。

こういうときの私は、何が行われるのか見る時間かせぎに、最後のほうに並ぶのが習慣でした。半分ほどの人が入った頃、突然、中からうめき声が聞こえてきました。靴に隠した金貨を見つけられた若者がドイツ人に殴られていたんです。

私は金貨五枚の他に、ドイツ人からタバコと交換して買った「ドクサ」の時計を持っていました。ブランド名の下に「シムシ」と彫られていた。それはテッサロニキのユダヤ人の名前で、ドイツ人が彼から盗んだ時計でした。私にとっては初めての時計で、ドイツ人の手になど渡したくない。そこで地面に置いて踏みつぶし、ドイツ人にやらなかったことでせめてもの満足を味わいました。

金貨については、兄とダリオとヤコブに一枚ずつ渡すことにし、二枚は自分の手元に置きました。私は最初の一枚を口に入れて呑み込み、みんなも同じようにしました。ただ、二枚目が喉から先に行かず、息が詰まりそうになった。パンも水もなく、かといってここで息が詰まって死ぬなんて問題外です。私はできるだけ唾を作り、なんとか金貨を通らせました。私たちの前で、ドイツ人がX線の器械を持っていると噂を流す馬鹿がいました。兄はパニックになって。でも私は、いずれにしろ遅すぎるし、呑み込んだ金貨をすぐに出すことはできないと思っていました。そして「あとは神頼み」とひとりで言いました。

私たちが入室する番になると、ドイツ人はほとんど何も調べませんでした。おそらくはもう十分に物色したのと、早く終わりにしたかったんだと思いますね。シャワー室に戻ると、私たちはひとりずつトイレに行き、大事なものは守ることができました。翌日、私たちはひとりずつトイレに行き、私が言う《金の卵》を産むようにしました。最初に行った従兄のダリオは駄目。ヤコブも駄目。兄は見たくないと言いました。翌日、ダリオが《金の卵》を産み、ヤコブと私もやりました。兄はまだ駄目。ついに《金の卵》を産んだと私たちに言いにきたのは四日後でした」

――ハイダリ刑務所にはどのくらいいたのですか？

「七日か八日です。最初は、逃げずに捕まったことで怒り狂っていました。それから、時がたつにつれ気を取り戻さざるをえなかった。兄や従兄たちと、できたこと、しなければならなかったことを何度も考えていました。

まわりにはギリシャの他の地方から来た人たちもたくさんいて、ユダヤ人が十人もいない小さな村の人もいました。みんな捕まってアテネへ送られてきたのです。後のコルフ島やロードス島のユダヤ人もそうでした。実際、テッサロニキに誰もいなくなると、逮捕されたユダヤ人は全員アテネを通っていかなければならなかった。アテネは一時通過の場になったんです」

――強制収容されたのは何日だったか覚えていますか？

「三月末か、四月一日だった可能性もあります。収監されたのはギリシャの祭日だった日、三月二十五日で、刑務所には一週間いました。列車がアウシュヴィッツに着いたのは四月十一日なのがはっきりしていて、旅は十一日間だったと思うので、四月一日になりますね。

その日、ドイツ人は私たちを中庭に連れ出しました。中庭は人でいっぱいだった。私たちは家族を探し、親族で集まっているように言われました。目的地に着いたら、家族の人数に合わせて家を提供するためということでした。私は少し探して、母と三人の姉と妹に会うことができました。従兄たちも、両親と弟のサミィ、ヤコブの妻を見つけることができました。みんなで一緒にいると安心です。私たちは、ドイツ人が言ったことは本当で、家が与えられると信じることにしました。辛い仕事をしなければいけないとしても、少なくとも一緒にいられる。それが基本でした。

そのとき母が話してくれたのは、兄と私が監禁された日、ドイツ軍が学校を包囲して、中にいた者を全員捕まえたそうです。妹のマリカは、学校の近くに住む非ユダヤ人の女性に預けられ、食事と住まいの交換に家事をしていました。でも、ドイツ軍が家族を強制収容しそうだと知って、母のところに走ってきた。もし妹が何も知らなかったら、その家に残り、きっと助かったはずだと、私はよく思います。でも、物事はそううまくいかず、妹も強制収容されてしまいました。

ドイツ軍が家族を一緒にしたのはさすがです。もしひとりなら、脱走する考えに取りつかれたでしょう。でも、両親や子供を捨てて誰が脱走などするでしょう？　それでも、何人かは脱走に成功しました。ほとんど偶然です。刑務所から貨物駅に行くあいだ、私たちを運ぶトラックが列になって続きました。ドイツ人の監視官がひとり運転手の近くに座り、前のトラックに乗る者たちを監視していました。そのトラックの一台がパンクして、あれやこれやで、その前のトラックは後ろで監視する者がいなくなった。五、六人の男の子が飛び出して脱走したんですが、ドイツ人はすぐに事態を収拾させましたね。

最終的に乗車ホームに着くと、そこに家畜運搬用の車両が待っていました。私たちは車両に乱暴に押しこめられました。中には何もなく、床にただ板が敷かれ、真ん中に大きな空のブリキ缶と、他に水の入った小さな缶があるだけでした。隅に干しぶどうとニンジンの箱が三つ。とても狭くて、全員が入ると横にもなれず、せいぜい座っていくしかないことがわかりました。私はすぐに窓の近くの隅に場所を取りました。一般の労働者が仕事に来る時間になったこともあって、ドイツ人はあまり目につかないよう急いで事をすませたがりました。窓から外を見ると、ひとりのSS将校が赤十字らしき人たちにいらついているのが見えました。赤十字がいるのは私たちを解放したいからだと思ったのですが、実際は私たちに旅行中の食糧を支給したいだけでした。私は、彼らは私たちの最終目的地を知っていると思いました。というのも、こういう状況なのに一歩も動こうとしなかったからです。結局、彼らは合意して、SS将校は赤十字のトラックが列車が街の外で止まるまでついていくのを受け入れました。窓から、トラックが距離を置いてついてくるのが見えました。列車は郊外に出るや止まり、赤十字の職員は私たちに食糧袋と毛布を配ることができました」

——車両の窓はどんなものでしたか？　有刺鉄線はありましたか？

「小さな窓が四つありました。私の車両の窓には有刺鉄線はなかったのですが、他の車両にはついているのを見ました。きっとアテネから出発する最初の編成列車で、まだ全車両が「対応」していなかったのだと思います。ウィーンに着くと、私たちの車両にも有刺鉄線がつけられました。ますます息苦しく、辱めを受けている感じがしました。それまで私は、移動中はほとんど頭を外に出して新鮮な空気を吸い、景色を見ていました。おかげで最初の頃、食糧袋をいちばん多く回収できた。赤十字の人たちはできるだけ渡そうとして、それを受け取れるかどうかが決め手でしたから。私は袋と毛布を取り、それを後ろで場所を作っていた兄と従兄に投げました。数分後、将校が「フェルティヒ！　終わり！」と叫び、赤十字に立ち去るよう命じました。赤十字が遠ざかるとすぐ、兵士が車両を回ってきて、みんなが袋をいくつ受け取ったかを調べました。若い男が八個と答えたら、ドイツ人が誰かにいくつ持っているか聞いているのを見ました。私は前の車両で、ドイツ人は四個返すように命じました。いずれにしろ、車両の中に入って調べると時間がかかりすぎるので、それはしないでしょうから、あとは信じてもらうしかない。そこで、ドイツ人が私の前に止まっていくつ持っているか聞いたとき、私も八個と答えました。案の定、四個を投げるように命じました。本当は袋を三十八個と、毛布もたくさん取っていた。各袋の中には小麦粉のガレットと粉ミルク、チョコレート、タバコ、その他移動中持ちこたえるのに役立つ物が入っていました。もちろん、同じ車両の人たちみんなと分けました。少なくとも食べる物は十分で、列車での移動が続いた十一日間は生き延びることができました」

——車両には何人いたのですか？

「七、八十人はいたはずです。強制収容された人のなかには、私の家族と同じときにテッサロニキから退去させられた知り合いも何人かいました。

アテネからだと、列車はテッサロニキを通らなければならない。北の重要な鉄道の交差点でしたからね。列車は石炭を補給するために駅の近くで止まりました。私はもしや知っている人が目に入らないかと、窓に近づきました。ドイツ兵が列車沿いに十メートルごとに立っていました。なんという偶然、レールを点検していたのは私の知っている子だった。ギョールゴス・カルディスという名で、私より五、六歳年上で、子供の頃隣りに住んでいたんです。父親は誰もが知っている共産党員で、鉄道で働いていたんですが、ドイツ軍がテッサロニキに侵入するとすぐ逮捕されました。ギョールゴスは父親の代わりに鉄道で働いていたんです。仕事はブレーキの確認で、車輪をブロックしていないかを確かめ、長いハンマーで調整することだった。私を見てとても驚いたようで、私の車両を点検するふりをしてこっそり近づいてきました。そしてドイツ軍に気づかれることなく、ギリシャ語で私に言いました。「えっ？　きみもここにいるのか！　何がなんでも逃げるんだ、だって、連れていかれたところで、奴らは全員を殺す！」私たちが行こうとしているのはポーランドだとも言いました。それ以上は何も聞けなかった。ドイツ軍が見張っていたからです。

列車が再出発するとすぐに、ギョールゴスから聞いたことを兄と従兄たちに話しました。アテネからテッサロニキまで二日かかり、ギリシャの国境まであと二日はかかるはずでした。それまで私たちは、ギリシャのレジスタンス仲間が、街から外に出たところで列車を襲撃し、私たちを解放して強制収容されないようにしてくれると、愚かにも信じていました。私たちが一緒に活動していたとき、彼らはそうしてくれると約束していた。ところがギョールゴスが言ったことで、待っていても意味がなく、自分たちで逃げるより仕方がないことがわかりました。でも、そうすると家族を残していくことになる……。ギリシャの領土内にいるかぎり、脱走しても危険は少ない。かくまってくれそうな農家を見つけるのはそう難しくない。レジスタンス仲間のように、私たちをユダヤ人と知らずに助けてくれたでしょう。ユーゴスラヴィアの領土に入ってしまったら、事はそう簡単にはいかなくなる。そのとき私たちは、その夜にも脱走を試みようと決めました。

みんな十分に痩せていたので、窓から出て、動いている列車をつたって滑り落ちることはできましたが、とても危険でした。ドイツ人がいくつかの車両の上の小塔から見張っていたからです。私は三両のうち一両にＳＳがいるのに気づいていました。でも私たちは決行した。最初に飛び出すのが兄で、次が私。私たちは前に進み、あとに続く従兄たちと落ち合いました。ところが、兄が足を外へ出す間もなく車両じゅうの人が目を覚まし、叫んで泣き始めていました。みんな、間違いなく私たちは死ぬだろう、みんなも私たちが脱走するのを見逃したことで殺される、と言っていました。ダリオの父親のミルトンは「やつらはここに何人いるか知っている。列車が目的地に着いて、人数が足りないことがわかったら、我われは全員殺される」と、繰り返していました。実際は何も変わらなかった。みんな死んだのですから。でも、その時点で誰がわかっていたでしょう？　みんなが泣くのを見て、母や妹たちが怖がって半狂乱になっているのを見て、私たちは家族を残して自分だけ助かろうとするのはよくないと納得しました。もしみんなに気づかれなかったら、たぶん脱出に成功して助かっただろうと思います。しかも私たちは、その翌日、もう一回試しました。でもミルトンが眠らずに起きていて、私たちが脱走しないよう見張っていました。私たちはまた引きとめられてしまったんです。そうこうするうちにギリシャの領土を出てしまった。ユーゴスラヴィアを通ってオーストリア。ウィーンで有刺鉄線を張られ、自由になる希望を決定的に失ってしまいました」

——移動中、お母さんとは話ができたのですか？

「いいえ、母には近づくことさえできませんでした。身動きできる場所がなかったのです。少しでも気兼ねをせずにすむように、毛布を一枚広げて男性と女性を分けていましたから。もう一枚の毛布は、用を足すのに使うブリキ缶を隔離するのに使われました。移動はほとんどできなかった。いずれにしろ、みんなあまり話をしなかった。全員が自分の考えに浸り、わが身の不幸に打ちひしがれていました。他人と交わす言葉などなかった、みんな同じ状況だった。呆然自失してそこにいた、それだけです。脱走の考え、たぶんたった一度のチャンスを逃したこと……。今後いいことは何も起こらないだろうと全員が感じていました。でも、少しでも希望を持っていたいと思うのは当たり前です。それもあって、私が幼なじみから聞いたことを話したのは身内にだけでした」

――結局あなたは、ギョールゴスと、働くために皆さんを東へ送ると言ったドイツ軍と、どちらを信じていましたか？

「両方です。そのいっぽうで、ギョールゴスは噂を言いふらしているだけだ、ドイツ人が私たちを着いてすぐ殺すためだけにこんなことをするのは馬鹿げていると、思い込もうとしていました。そんなことは誰も信じられなかったのですが、歴史が本当であることを示しました。その頃、ドイツ軍は列車を収容所内部に引き込むためのランプ〔高低差をつなぐ傾斜路〕の建設に着手していました。一九四四年の四月のことで、非ドイツ人の鉄道員に収容所の内部を見られることなど、まったく気にもかけていなかった。そういうわけでギョールゴスはアウシュヴィッツで起きていることを人から聞いたのだと思います」

——列車は他でも止まりましたか？

「はい、まだギリシャの領土内にいるときから止まっていました。用を足したブリキ缶を空にするためです。実際に、二日もするとブリキ缶はあふれていたんですが、列車が停車して、空にするよう命令されるまで待たなければならなかった。しかもそれ一回きり。兵士が十五メートルほど離れたところにいて、脱走する者がいないか確認していました。車両の扉が開けられると、私は他の三人と排泄物でいっぱいのブリキ缶を持って降りました。何日も閉じこめられていた列車から出るということは、新鮮な空気を吸い、大地の光を見ることで、妙な感じではありました。それだけに、また列車の中に入るのは辛かった。車両の扉は十五分間ほど開けられていましたが、空気を入れ替えるにはまったく不十分。残飯と排泄物と人間の汗が混ざった、なんともいえない悪臭のなかにまた戻らなければならなかったのです。

それから列車はユーゴスラヴィアとオーストリアを通りました。石炭の補給のためにまた停車したとき、制服を着て武器を持たない男が通るのを見ました。オーストリアの軍人なのか鉄道員なのかもわからない。男は私に合図して、「出てこい！」と言いました。私は警戒しました。その男が私を助けたいのか、密告したいのかわからない。私が脱走を試みたと言って捕まえたら、勲章をもらったでしょう。私は何も応じず、列車はそのまま走り続けました」

――集落を通ったとき、列車の外で他の人を見かけた思い出はありますか？

「はい、ときどき見かけました。チェコのブルノで列車がまた止まりました。街の名前にとても驚いたので、場所を覚えています。私たちはドイツ人に水を少しくれるよう頼みました。それなのに水はもらえず、代わりにひとりの酔っぱらいが私たちの車両の前で止まり、手で意味ありげな合図をしました。私たちに全員殺されるぞ、首をつられるぞと言うんです。男は完全に酔っぱらっていたんですが、そういう身ぶりをされたことで私はかっとなり、男が車両に近づくと顔に唾を吐いてやった。ドイツの兵士が男を追いはらって終わりになったんですが、いま改めてよく考えると、男はからかっていたのか、それとも単に私たちに警告しようと考えていたのか……わかりません。ブルノから、アウシュヴィッツのユーデン・ランプ*に着くまで、さらに二日かかりました」

＊ユーデン・ランプは、一九四二年三月から一九四四年五月のあいだに強制収容されたユダヤ人が、アウシュヴィッツに到着して選別される最初のランプ。アウシュヴィッツⅠとビルケナウの収容所のあいだにあった。その後、収容所内部に引き込む大型ランプが建設されている。

——列車の中で亡くなった人はいましたか？

「私の車両にはいませんでした。でも、他の車両にいたのは確実でしょう。というのも、ドイツのあんなやり方では、途中で人が死んだとしても何とでもなった。みんな死んだも同然で着いたのですから。あんな状態で十一日間旅行する……。私の車両では、赤十字の袋があったので最初の頃は食べ物も十分だったんですが、貯えも底をついて、いつ到着するのか誰も知らない。みんな本気で心配し始めて騒ぎだしたので、私たち若い者がみんなを落ち着かせるようにしました。パニックになって、列車での最後の日々がもっと大変になるのを避けるためです」

第2章　アウシュヴィッツでの最初の一か月

列車は、移動中に停車するときも決して汽笛を鳴らしませんでした。だから、異常とも思える汽笛が聞こえ、列車の急ブレーキを感じたとき、すぐに目的地に着いたのだとわかりました。ユーデン・ランプの上で扉が開かれると、目の前にあったのはジャガイモの倉庫でした。ほっとしたのが第一印象です。あのまま列車の中で、食べ物もなく、隙間も空気もない不快な状態で、あとどのくらい生き延びられるのかわかりませんでしたから。

列車が止まるとすぐ、ＳＳが車両の扉を開け、「アレ・ルンター！　全員降りろ！」と叫びました。制服を着た男たちが私たちに自動小銃を差し向け、シェパードが吠えていました。全員が長旅にうんざりし、身体《からだ》じゅうが麻痺していた私たちは、突然の縮み上がるような罵声と、耳をつんざくような吠え声に、度肝を抜かれてよろけ、何が起きているのかもわかりませんでした。私は扉の近くにいたので最初に出るほうだったのですが、母が降りるのを助けたかったので乗降口の近くにいました。車両が高いうえに、地面が傾斜していたので飛び降りなければならない。母はそう年ではありませんでしたが、旅で辛い思いをしたでしょうから、支えてあげたかったのです。母を待っていたら、ドイツ人がひとり後ろから来て、私の首を棍棒で二回ばーん！と叩いた。ものすごく強烈で、頭を割られたようだった。私は本能的に両手で頭をかばったのですが、奴がまだ私を叩こうと近づいてくるので、急いで他の仲間の列に加わりました。奴は、来た者は即座に誰でも叩いていました。そうやってストレスを発散させていたんでしょう、それは残酷でした。私たちをどこにいるかわからなくさせ、恐怖から有無を言わせず従わせるもくろみもあったと思います。その場はそうしておいて、あらためて母を見つけようと戻ったときは、もうそこにいませんでした。その後、母とは一度も会えませんでした。二人の妹、マルタとマリカにも……。

——選別はどのように行われたのですか？

「列車から降りるとすぐ、ドイツ軍が鞭とびんたで列を二つ作りました。一方に女性と子供を送り、もう一方は無差別に男性が全員。手で合図して、私たちに指示しました。「男はこっち、女はあっち！」罵声と命令に従って、みんなロボットのように前へ進みました」

——女性の列との距離はどのくらいでしたか、まだ顔が見られましたか？

「最初は見られたのですが、あっという間に人でぎっしりになり、と思う間に列がしっかり整頓されて、私はいつの間にか男だけに取り囲まれていました。列車の中にいた全男性で、選別後に残っていたのは私を含め三百二十人だけでした。*

すべてがかなり早く行われました。前にも言いましたが、考える時間などなかった。そういう状況に置かれてみんな途方に暮れ、世界から隔離されているようでした。ドイツ人は自動小銃と犬を従えて私たちを取り囲んでいました。誰も列を離れることはできなかった。あとで聞いたのですが、何人かは自分の父親や母親から最後の祈りの言葉を受けたそうです。そういう人はよかったと思います。残念ながら、全員がそういう機会に恵まれていたわけではありませんでした」

*アウシュヴィッツ゠ビルケナウ博物館の資料によると、テッサロニキから同時に強制収容された二千五百人のユダヤ人のうち、選別後に残ったのは、登録番号182440から182759までの男性三百二十人と、76856から77183までの女性三百二十八人のみ。残りは全員、即座にガス室に送られた。

――ところで、従兄たちと一緒に残ることはできたのですか？

「はい、一緒に残れました。従兄の父親と他の人たちには、その後一度も会えませんでした。

私たちはそのあとすぐ、ひとりのドイツ軍将校の前に一列に並ばされました。少しして、もうひとり将校が来ました。それがかの有名なメンゲレ博士だったのかどうか。それはありえるのですが、たしかじゃない。将校は私たちにはほとんど目をくれず、親指で合図して「リンクス、レヒツ！　左、右！」と指示し、私たちは指差された方向に行かなければならなかった」

――右へ行く人と、左へ行く人で何か違いがあるのに気づきましたか？

「いいえ、何も気づきませんでした。どちらにも若者も老人もいました。ただ一つはっきりしていたのは、両方の人数が目に見えて不平等だったことです。私は少ないほうの列にいました。最終的に、私たちは男三百二十人だけだった。他の人は全員、何も知らずに、死に隣接するビルケナウのガス室へ行ったのです。兄と従兄たちも私と一緒にいいほうの列に残りました。私たちのグループはアウシュヴィッツⅠまで歩かされました」

――到着してから選別が終わるまで、どのくらい時間がかかったと思いますか？

「約二時間かかったと思います。なぜそう思ったか？　私たちがユーデン・ランプに着いたときはまだ日があって、私のグループがアウシュヴィッツに着いたとき囚人たちはもう働いていなかったからです。私たちはユーデン・ランプからアウシュヴィッツまでの三キロを歩いていったのですが、そのとき他の人たちは、何の疑いも持たずにビルケナウのガス室に向かっていた。

覚えているのは、アウシュヴィッツIの正門をくぐる前、そこには「アルバイト・マハト・フライ　仕事は自由をもたらす」と書かれていたのですが、有刺鉄線のそばにあった掲示板に「フォーアズィヒト・ホーホシュパヌング・レーベンスゲファール」、つまり「電流に注意、死の危険」と書かれていたことです。

中に入ると、すぐ左に二十四棟という建物があり、それはあとでわかったのですが、兵士や非ユダヤ人の特権階級のための売春宿でした。窓辺できれいな女性たちが笑っているのが見えた。みんなが言うところによると、ユダヤ人ではないということでした。私は素直に、売春宿があるということは、ここは仕事をするところだと思いました」

——中に入ったときはSSに包囲され、見張られていたのですか？

「はい。兵士が全部で十人ぐらい、私たちの列に沿って十メートル間隔にひとりいました。彼らは入り口までついてきたのですが、中に入ったところで、そこに待機していたSSに私たちを引き渡しました。入るときに、囚人たちが遠くから私たちに近づこうとしているのが見えました。私たちがどこから来たのか、あわよくば家族のことを知っている者がいないか聞こうとしたのですね。突然、「シュロモ、シュロモ！」という声が聞こえたので、その方向を見るとなんと、姉ラッチェルの婚約者、アーロン・マノが私の注意を引こうと懸命になっていました。ラッチェルが検挙されたかどうか知りたかったんですね。私は彼に、私たちと一緒に強制収容されたけれど、そのあとのことは残念ながら知らないと答えました。

最後に私たちは、二つの建物のあいだの狭い場所で五列縦隊に並ばされました。炊事場の前でした。その場所に、二人のドイツ人がカメラを持って待っていて、私たちと一緒に強制収容された囚人のひとりに、フィルムを回すから近づくように言いました。この男のことはよく覚えています。私の姓と同じヴェネツィアという名前だったから。バルーフ・ヴェネツィア、でも私の家族ではなかった。とても大きな男で、鼻はわし鼻、典型的な南方ユダヤ人の顔でした。旅の疲れで顔つきがやつれていたうえに、無精ひげと負け犬のような雰囲気が、彼をいっそう惨めにしていました。その男を撮影するよう、ひとりのドイツ人がもうひとりに言うのが聞こえました。いかにもユダヤ人らしい横顔だったからです。この映像が映画にされて、ユダヤ人の悪いイメージを植えつけようと、ナチスのプロパガンダに使われたのは確実です。この瞬間に私は、ここで最悪のことが待ち受けているのを理解しました。私が強く感じたのは、とくに怒り、ここまで貶《おとし》められ、辱められた扱いに対する激しい怒りでした。こんなことが行われるとは信じられなかった。もちろん、恐怖も感じていました。それは何をするにもずっと感じていました。いつどの瞬間にも、最悪のことが起きておかしくなかったからです」

――五列縦隊にされたときはどういう手順だったのですか？

「私たちは将校が来て命令を下すまで待っていなければなりませんでした。不動のまま長時間待たされました。将校が到着する前に、顔見知りのテッサロニキのギリシャ語の通訳が来て、これからドイツ人が私たちにいくつか質問をするから、考えこまずに答えるよう、そして身体は丈夫でシラミはなく、いつでも働けると言うようにと忠告しました。

この男はサルヴァトーレ・クニョという名前でした。びっこで、もしドイツ語が話せなかったら、こういう男は確実に死に追いやられたはずです。実際、収容所では外国語を知っていると得で、ときには命も助かるのをすぐに理解しました。クニョは非ユダヤのドイツ女性と結婚していました。息子のブッビ（本当の名前はハンス）と一緒に強制収容され、息子も助かっていました。

結局、将校が到着したときはすでに夜になっていました。将校は型通りの質問をして、私たちは通訳に言われたように答え、それから将校が命令しました。「アレ・ナーハ・ビルケナウ！　全員ビルケナウ！」　そこで私たちは回れ右をしてビルケナウに向かった。まわりは暗く、濃い霧が立ちこめて、遠くにいくつか光が見えただけでした。ビルケナウに着いたのは夜の十時だったと思います。

私たちが入ったのは中央塔からで、あとになってそこを列車が通り始めました。でも私たちが着いたときは、収容所の内部まで延びる線路は建設中でした。ハンガリー系ユダヤ人の大量強制収容を見越していたのですね。それでも、ビルケナウの入り口から数メートル先にあるユーデン・ランプへ編成列車はどんどん到着していました。いったん収容所の中に入ると、あとはどの道を行ったのかわかりません。そのまま真っすぐ進んで焼却棟IIとIIIの前を通って裏に回ったのか、それとも幹線道路のラーガーシュトラーセ[*1]（本書12頁の地図を参照）を通ったのか？　霧が立ちこめていましたから、道の左右にある小さな明かりが小屋を照らしているのがわかっただけでした。当時の私は、これらの建物に何が入っているのか知るよしもなく、だから特別な注意は払っていませんでした。

私たちが最終的に入ったのはツェントラールサウナ[*2]、レンガ作りの大きな建物で、人と衣類を消毒するためのものです。最初にしなければいけなかったのは、服を全部脱ぐことでした。ここでまた生じたのが例の《金の卵》問題です。兄と従兄と私はもう一度、金貨を呑み込みました。

最初の部屋の奥に、白衣を着たＳＳ将校の医師が二人いました。その前を私たちが裸で通るのを見ているのです。ときどき、私たちのなかのひとりを指差して、横に立たせます。こうして十五人から十八人が「別にされ」、そのなかに父の従兄がひとりいました。いつも病人のようで弱かった人です。私はその人たちがどこへ連れていかれるのか知りたかったので、ツェントラールサウナで働いていたテッサロニキのギリシャ人に聞きました。彼は私を心配させまいと思ったのでしょう、この人たちは特別な手当てが必要なので、「治療を受けに」行くのだと言いました。彼が何を言いたかったのかよくわかりませんでしたが、それ以上は聞きませんでした。本当は、私たちは知らずに二回目の修正選別をされていたのです。でも、選別はおざなりで、お尻が少しくぼんでいるだけで死の宣告を受けるに十分でした。

別にされなかった者はそのまま次の部屋に行かされました。この部屋に入ると《理髪師》が並んでいて、私たちは頭から胸、身体じゅうを剃られました。ちゃんとした道具も石けんの泡もなかったので、皮膚から血までもぎ取られるようでした。次の部屋はシャワー室でした。大きな部屋で、私たちの頭の上に管とシャワーの握りがありました。冷水と熱湯の蛇口を管理していたのは、どちらかというと若いドイツ人。彼は私たちのことはお構いなしに、急に熱湯を冷水に替えては楽しんでいました。私たちは、水が熱くなりすぎると火傷をしないように遠ざかるのですが、すると彼は動物のようにわめいて私たちをひっぱたき、力ずくで熱湯の下に戻らせました。前に進むにすべてが非常に組織立って、流れ作業のようで、私たちは製品でした。

つれて、他の者が代わりに入ってきました。その間ずっと私は全裸で濡れたまま、鎖の一つになって入れ墨の部屋まで行きました。そこには長いテーブルがあり、私たちの腕に登録番号を入れ墨する係の囚人が何人も待機していました。入れ墨に使われたのは、先の尖った一種の万年筆で、それで肌を刺し、インクを表皮の下に入れるのです。この小さな点を、腕に番号があらわれるまで作らなければならなかった。もう痛くて痛くて。入れ墨係に腕を放されたときは、思わず手で前腕をこすって痛みを和らげました。何をされたのかと思って見ると、血とインクがごちゃ混ぜになって、何がなんだかさっぱりわからない。番号を消してしまったのではないかと思って、怖くなりました。唾をちょっとつけて腕を拭くと、番号があらわれて、正確に《注入》されていました。《一八二七二七》が私の登録番号です。

そのあとは、衣類が支給されるというので待たなければならなかった。以前は縞の制服だったようですが、新しい囚人はずいぶん前からそうではなかったようです。私たちが受け取ったのは、前に着いた囚人たちが置いていった服を消毒したものでした。私支給作業では、体型に合った服というのは無視されました。それぞれ上着一枚とズボン一本、ブリーフ一枚、靴下と靴を支給されたんですが、使い古しで穴の開いた服もありました。ズボンに足が入らない者はたくさんいましたし、大きすぎるズボンを受け取った者もいました。支給係に別のサイズをもらいに行くなど問題外、彼らも囚人とはいえ、叩かれるのがおちでした。そこで、私たちは自分たちで調整しようと、服を交換したりしました。でも、ここでも運がものをいって、とくに靴で底に穴が開いていないのをもらうのは大変だった。私はなんとかうまくできました、まあ、みんなちょっと大きかったんですがね。

いつものように私は最初に準備ができ、後ろにまだたくさん人がいたので、私たちの毛を剃った囚人のひとりに会いに行きました。手伝うので、代わりにパンを一かけらもらえないかと言ったのです。その仕事の責任者だった囚人は私の提案を受け入れ、小さなバリカンをくれました。使い方は知っていましたからね。父が祖父のトルコ風カフェの横で小さな理髪店をやっていたからです。父が死んだあとは、日曜日になるとバロン・ヒルシュの貧民街へ行って、理髪師に払うお金のない人たちに奉仕するのを習慣にしていましたから。こういうことがあるので、私がよく言うのは、子供の頃に苦労して、ひとりでなんとかする術《すべ》を身につけた者のほうが、恵まれた人たちより収容所では順応でき、生き延びられるということです。収容所で生き延びるには、哲学ではなく、役に立つことを知っていないといけない。おかげでその日私は、ありがたいパンを手にすることができたのですから」

＊1　アウシュヴィッツ＝ビルケナウでは、「焼却棟」というと脱衣室とガス室、焼却炉をまとめた建物をさす。こういう建物はビルケナウに四棟あり、それに加えてアウシュヴィッツⅠには焼却棟Ⅰが

あった。焼却棟IIとIIIは左右対称に建てられ、焼却棟IVおよびVも同じ。機能していたのは一九四三年の春から夏にかけてである。

＊2 収容所に収監された囚人は全員、消毒と登録の手続きを踏まなければならなかった。これらの手続きは一九四三年の暮れまで、ビルケナウのBIa棟（女性用）とBIb棟（男性用）の内部にある建物で行われた。一九四三年十二月以降は、これらがツェントラールサウナの新しい建物で行われている。

——ところで、お母さんや妹さんたちがその後どうなったか、知ろうとはしなかったのですか？

「もちろん、しました。母のことを考えないときはありませんでした。誰かが、私たちのユダヤ＝スペイン系方言のラディノ語を話しているのが聞こえたので、その人に近づいて、母たちがどこへ送られた可能性があるか知っているかと聞きました。彼は優しく、心配するな、明日になればわかるかもしれないし、それよりあまり考えすぎないほうがいいと答えてくれました。でも、この答えでは満足できなかったので、イディッシュ語を話していた囚人に近づき、ドイツ語で聞きました。『ヴォー・ズィント・マイネ・ムッター・ウント・マイネ・シュヴェスターン？ 私の母と妹たちはどこにいるのでしょう？』 彼はそれには答えず、黙って私の腕を取って窓際へ連れていきました。そして、焼却棟の煙突を指差してみせました。私はそれを信じられない思いで見つめ、彼がイディッシュ語で言ったことを理解しました。「きみたちと一緒に来なかった人たちは全員、この場所からもう解放されているところだ」私は本当には信じられず、半信半疑で彼を見つめました。お互いそれ以上何も言わなかった。大きなショックを受けたとは言えません。私たちをすぐ焼き殺すためにここまで連れてきたとは、どうしても考えられなかったのです。その場では単純に、彼は私を怖がらせたいのだと考えました。新参者はだいたいそういう目にあわせられますからね。そこで翌日まで待って、自分の目で見ようと決めました。でも、実際、彼は正しすぎるほど正しかったのです」

——お兄さんや従兄たちとはどうやって再会したのですか？

「衣類を受け取ってからです。誰かが「シュロモ？　どこにいるんだ？」と言っているのが聞こえました。私を呼んでいたのは兄でした。声はわかったのですが、どこにいるのかわからない。本当はすぐ近くにいたのですが、お互いわからなかった。頭は丸坊主で、二人とも身体に合わない服を着ていたからです。それはとても悲しい瞬間でした、もっとも悲しいことの一つと言ってもいい。どこまで貶められたかがはっきりわかった……。でも私は泣かなかった。母に何があったかわかったときも……。どんなに悲しく辛くても、涙腺の働きが止まってしまい、もう泣きませんでした。

最後に、私たちはサウナから出され、その前にあった小屋に連れていかれました。その小屋はがらんと空っぽで、ベッドも何も床にない。そこに私たちは翌日まで入れておかれました。その時間に収容所内を行き来するのは禁止されていたからです。私たちはそこで眠ることも、横になることもできずにいました。まるで動物のようだった。敬虔な少年が何人もいて、隅で祈り始めました。もちろん聖典は持っていなかったのですが、祈りを暗誦していたのですね。翌日の朝、九時に、ドイツの警備兵が来て、私たちはBIIa区に連れていかれました。男のための収容所の検疫区画*です。

警備兵は、検疫区画のほぼ中央にある小屋を指差し、私たちに中に入るように言いました。待っていたのは非ユダヤ系ポーランド人の看守で、これがとんでもない暴力的な男だった。私たちはそれぞれの「簡易ベッド」に五人で寝るよう命令され、私は兄と二人の従兄、テッサロニキの友だちひとりと一緒に並びました。十一時半頃にスープが配給されました。赤十字の食糧袋以来、食べ物をもらったのはそれが初めてでした。でも、スープをもらうには飯盒《はんごう》がないといけないのに、奴は私たちに置き場所を教えるのは無用と思ったんですね。どうしろと言うんでしょう? 飯盒がないとスープはもらえず、容赦なくはねつけられてしまいます。私たちが何日も食べていないことなど誰もお構いなしです。

やっと少し口に入れることができたのは夜になってからでした。マーガリンをちょっとぬっただけの黒パンひと切れが配給されました（マーガリンの代わりに、ブルートヴルストという一種のソーセージがちょっとだけついてくることもありました）。私は嚙みもせずに一気に吞み込みました。それほど腹が空いていた。

翌日の朝、お茶が支給されました。まあ、あの黒っぽい水をお茶と言っていいのか、水なのか、煎じ茶と言うのかはわかりませんが、少なくとも熱いことは熱かった。いずれにしろ、相変わらず飯盒がなかったので、このときももらえなかった。結局、誰かが検疫収容所の裏の置き場所を教えてくれて、やっと飯盒を見つけることができました。それがとんでもない置き方だった！　汚れて錆《さ》びついたまま地面に放りだされていたんです。でも、そんなことはどうでもよかった、重要なことはただ一つ、翌日まで生き延びるために最低限の栄養をつけることでした。その飯盒もいつも身につけているようにしなければいけない。どうしたかというと、木に穴を開けて紐でベルトに結びつけるようにしたんです。自分の身につけておくのがいちばんでした、盗まれてはいけませんからね」

＊男性のための検疫隔離収容所は、一列だけの小屋からなる収容所独特の施設。ナチスが「検疫収容所」を設けたのは、収容された囚人全員から感染症が入りこむのを防ぐためだった。そのような疫病が見つかった場合、ＳＳ医師団は感染した小屋の囚人全員をガス室に送って問題を解決した。

――昼間は何をしていたのですか？

「とくに何も。検疫収容所では、囚人は区画内なら移動することができました。他の囚人とも話せました。特殊任務部隊はそうではなかった、誰であろうと話すことは厳禁されていました。検疫所の囚人は実際にほとんど働いていませんでした。理屈のうえでは話したい人に話すことはできました。ただ、言葉の壁と、同じ境遇にいる人に苦労話をしてもしょうがないという思いから、みんな自分の殻に閉じこもって沈黙に逃げていました」

――点呼はどのように行われたのですか？

「毎日、朝と夜にありました。早朝に起こされたと思ったら、点呼です。全員、罵声とびんたで、一刻も早く外へ出るように言われました。最後になると罰を受けるのが決まっていて、余計に叩かれました。全員が同時に出られるわけがありませんから、必ず最後になる者がいるんですね。だから、びんたを避けようと、みんな急いで最初に出ようとしました。点呼は何時間も続くことがあって、その間は立ったまま、動いてはいけなかった。それがすむと、まだ検疫所にいて仕事は命令されていなかったので、雑草を取ったり、ちょっとした掃除をしましたが、特別なことはしませんでした。他の区画の囚人は働きに行くのが見えましたが」

――検疫収容所の中と、小屋はどんなものでしたか？

「入り口が二つあり、前にあるのが正面入り口で、もう一つは裏にありました。入ると左右に小部屋があり、その奥が《簡易ベッド》です。真ん中にストーブがありましたが、検疫所に入って最初の三週間はつけられるのを見たことがなく、私たちにとってはあまり役に立っていなかったんです。まあ、つけられたとしても、中に入れる燃料がなかったのでどっちにしろ無理でした。看守は自分なりの暖房装置を持っていて、私たちが寒いかどうかにはあまり関心がなかったのです」

――それで、《簡易ベッド》はどうでしたか？

「あれを《簡易ベッド》と言えるかどうか……、三段に分かれていて、各《簡易ベッド》に少なくとも五人が寝ました。個人的に、私はそれほど問題なく自分の場所を確保できました。

最初はみんな、どの場所がいいのかわからない。私はすぐに、上段は窓に近すぎると思いました。ええ、ビルケナウの窓は割れていることが多く、冬は氷のような風が入ってきます。でも、下段も理想的ではなかった。頭からありがたくない物がたくさん落ちてくるんです。囚人が便所に行くのに起きられなかったときですね。場所取りで喧嘩があったりすると、看守がすっ飛んできて暴力で解決しました。

私の小屋の責任者はとんでもないくそったれでした。ポーランド人だった。特殊任務部隊は別ですよ、そこでは囚人のほぼ全員がユダヤ人で、看守もそうでしたからね。でも私は、そこ以外では、アウシュヴィッツでも他の収容所でも、ユダヤ人の看守は見たことがなかった。いたのかもしれませんが、私が見た看守はドイツ人もポーランド人もフランス人も、みんなユダヤ人ではありませんでした。

看守は一般に仕事の班の調整に当たりました。看守をカポと呼ぶこともよくありました。ドイツ語で小屋の監督という意味です。仕事をきちんと進められないと、看守は叩き、そして看守があまり強く叩かないと、ドイツ人がその看守を殺して別の看守を当てました。でもなかには、自分たちが命令して囚人を殺せることに快感を覚えている看守もいました。SSは看守にドイツの殺人犯を選ぶことが多く、そういう奴らはすぐ自分が世界でいちばん偉いと思うようになるんですね。本当は独房に閉じこめておかなければいけないのに、そうではなく、私たちに対して力を発揮できる立場になる。そういうわけで、ドイツ軍は警備兵をそこらじゅうに置く必要がなかったんです。こういう荒っぽい男たちに頼って収容所の規律を維持していたんです。逆に、看守があまり荒っぽくないと、特権を失う恐れがあった。だから私たちはみんな看守を恐れていたのです」

――何人かの名前を覚えていますか？

「いいえ、残念ながら忘れてしまいました。名前にまで注意を払わなかったから。もし、この地獄から出られるのがわかっていたら、全部の名前と日にちと詳細を記録していたと思います。でもあそこでは、今日が何日かさえわからなかった。

検疫所にいたときの看守はとりわけ凶暴な男でした。小屋の入り口に部屋があって、その前に物置のような小姓部屋がありました。小姓とは普通は十二歳くらいの少年で、看守はいつも自分のそばに置いている。看守の世話をすべてして、命令に従い、欲求に応えなければならない。靴を磨き、小屋の掃除をして、ベッドを作り、看守が要求すれば不健全な欲求にも応えなければならない。少年は若いながら、送り返されたら確実に死が待っているのを知っていたので、従うしかなかった。その代わり、食べ物は他の者より少し多くもらえました。看守は自分にいいことをしてくれる者たちに多く与えるために、囚人に与える分を少し減らすだけでよかったんです。

その看守と一度、問題を起こしそうになったことがあります。例の《金の卵》に関してです。ツェントラールサウナで呑み込んだあと、回収するのは容易じゃなかった。検疫棟の便所小屋は穴の開いた長い石の腰掛けでしたから。そんな中では何だって回収は不可能です。そこで、人目のない場所を選ばなければならない。私たちは順番に用を足すことにし、そのあいだに他の者が見張っていました。ある日看守が私を呼びつけ、金貨を渡せと言いました。「ディー・ゴルデネ・ゲルト」と言ったように思います。私は言われたことがわからないふりをしました。でも彼はしつこく「フュンフ・ゴルデネ・ゲルト！　五枚の金貨だ！」と言う。数を知っているということは、誰かが言ったに違いない。ひとりじゃそこまで知りえませんからね。あとで誰が裏切ったかもわかりました。ともあれ看守は私に、二十四時間以内に金貨を持ってくるように言いました。私は兄と従兄たちのところへ行き、ありのままを話しました。みんなの意見は、お金のうえに命まで危険にさらすのは無意味だから、渡せということでした。そこで看守のところへ行ったのですが、私は五枚のうち三枚しか持っていないと言い張った。彼はいらついて、「ナイン！　フュンフ！　違う！　五枚だ！」と言う。私の命は彼の手にかかっているので、仕方なく残りの二枚を取りに行き、交換条件として、一週間のあいだスープとパンの配給を二倍にすると約束させました。彼は望んでいたものを手にしたわけで、たしかに、最初の二日間は配給が二倍になりました。でも、三日目は……。

看守はこのお金でソーセージやウォツカを調達させました。自分で小宴会を開き、かなり酔っぱらった。ある夜、こちらがもう寝ているときに大声でわめきだしました。「アオフ・ディー・テューア！」　誰か自分の部屋の戸を開けろというんです。そこにいた者をつかんで見境なく蹴りを入れ、行って戸を開けるように命じました。哀れな少年は何が待っているかも知らずに行きます。でも、ノブをつかんだ瞬間、大放電をくらった。看守は笑いだした。私たちを苦しめるのが彼お得意の憂さ晴らしで、とくに酔っているときはそうでしたから。彼はもうひとり囚人を選んで続行しました。哀れな男は、何が待っているか知りつつも逆らえず、仕方なく起き上がりました。ノブをつかみ、普通に何事もなく戸を開けます。看守はゲームが機能しないのでかっかします。男にもう一度戸を開けるように言い、男はもう一度開けて閉めたのに、何も起こらない。看守は一瞬間をおいて、男のはいていた木靴が放電を遮断していたことに気づいた。そこで今度は木靴をぬいで、もう一度戸を開けるように命じました。実際、そうやってノブにふれた男は今度は放電をくらい、看守はまた大喜び。そしてまた新しい犠牲者を選ぼうとしているちょうどそのとき、開いた戸からＳＳがひとり怒り狂って入ってきました。消灯時間が過ぎているのに明かりがついているので、どうなっているのか見にきたのです。ＳＳはすぐ怒鳴りだしました。看守はなんとか釈明しようと、自分の誕生日だと言い、ドイツ人を宴会にどうぞと招待した。私の金貨で調達した宴会ですよ。ドイツ人は近づいて戸を開け、案の定放電をくらった。激怒したドイツ人は、看守をそれこそ力任せに叩きました。それにしても看守は、ドイツ人相手にこんな悪い冗談をどうしてしてしまったのか？　看守はめった打ちにされました。

翌日、この看守はいなくなり、二度と見ることはありませんでした。私にとって迷惑だったのは、残り三日、もらえるはずだった二倍の配給がもらえなかったことです。ええ、《金の卵》の話はこうして終わりました。

もう一つ、検疫所での体験で忘れられないことがあります。到着してわずか数日後のことでした。看守がひとり私たちのところに来て、臨時の仕事をしてくれるなら、配給のスープを二杯やると言いました。私たちは全員行きたがりました、だって空腹をいやすことは何事にも優ったから。私は件《くだん》の仕事をするのに選ばれた十人に入ったのですが、兄と従兄たちは集団に入っていなかった。選ばれた私たちは干し草を運ぶような荷車を引かされました。馬の代わりに私たちが引いたんです。それで検疫棟の端にあった小屋まで行きました。小屋には《ライヒェンケラー》、死体部屋という名前がついていました。戸を開けると鼻を突きさすようなおぞましい臭い。死体が腐敗した悪臭でした。

私はそれまでこの小屋の前を通ったことがなかったので、初めてここが検疫棟で死んだ囚人の死体置き場になっているのがわかりました。毎朝、囚人の小隊が各小屋を回り、夜のあいだに死んだ囚人の死体を回収していたのです。死体はこの小屋に入れられ、それから焼却棟に運んで焼かれました。死体はそこに十五日から二十日は置かれたままで、腐っていた。いちばん下の死体は熱のためにとくに腐敗が進んでいました。

「臨時の」仕事というのが、死体を出して焼却棟まで運ぶことだとわかっていたら、空腹で死んだほうがましでした。でも、わかったときは遅すぎた。部屋には百から百五十の死体があったはずです。荷車に乗せては運び、三往復しなければなりませんでした。

焼却棟Ⅲの正門前に着くと、看守が何か合図したらしく、特殊任務部隊の男たちが来て荷車から死体を回収していきました。特殊任務部隊以外は、囚人は誰ひとり焼却棟へ入ることも、生きて出てくることもできなかった。だから、荷車を空にして私たちに返したのも特殊任務部隊でした」

――そのとき何か見ることができましたか？　建物の内部の中庭とか？

「いいえ、その日、焼却棟はいっさい見ませんでした。正門はほとんど開かれず、男が門を開けて、他の三人の内部の囚人と荷車を引いていくのを見ただけでした。私が聞いたのは、焼却棟で働いている者たちは追加のスプーンや、他の役立つ物をもらえるということでした。そこで、二回目に戻ったとき、門を開けた男に「スプーンが一個あったらもらえないか」とこっそり聞きました。男は「いまは駄目だ、もっとあとだ！」と答えました。三回目にまた戻ると、本当にスプーンを二個くれました。私は一個兄にあげたのですが、実際は従兄たちと一緒に使いました。スプーンは、配給された食糧の一カロリーでも無駄にしないために、飯盒《はんごう》の底をがりがりこするには恰好でした。それに、スプーンで食べるともっと食べた気がしたものです。

幸い、このおぞましい仕事はもう二度としなくてすみ、翌日、スープの時間に、看守は約束通り二倍の量をくれました」

――死体が運ばれた場所については何か知っていましたか?

「焼却棟ということは知っていました。その頃の私は、それが何を意味するかも知っていた。検疫棟にいると、煙突から煙が出ているのがしょっちゅうで、鼻を刺すような皮膚の焼ける臭いが収容所じゅうに蔓延《まんえん》して、いやでも嗅がされましたからね。そこが死者を焼く場所ということは早くから知っていました。でもそこに、人々が到着してすぐ集団でガスで殺される場所もあることは、焼却棟の中で働いて初めて知りました」

――特殊任務部隊へ入るときはどのように選ばれたのですか?

「検疫棟には三週間いて、ある日、ドイツ人将校たちが来たのが見えました。検疫棟ではドイツ人はそう見かけない、普段は看守が秩序を守る任務を負っていたからです。

この将校たちが私たちの小屋の前に来て、看守に私たちを集め、点呼のときのように整列させるよう命じました。私たちは各自、どういう仕事ができるかも言わなければなりませんでした。何もできなくても、嘘をつかなければいけないのはみんな知っていた。私の番が来たとき、私は理髪師だったと言いました。ギリシャ人の友だちで、いつも私たちと一緒にいたレオン・コーエンは、歯医者だったと言いました。本当は銀行で働いていたんですけどね。彼は歯医者なら掃除をさせられるか、少なくとも暖かくしていられると考えたのです。私はというと、ツェントラールサウナで働いていた囚人と一緒になれると考えた。私の見たところ、仕事はそれほど難しくなく、暖かくしていられました。でも、実際は考えていたこととはまったく違った。ドイツ人は八十人選び、その中に私も兄も従兄たちもいました。

翌日の朝、九時頃でしょうか、私たちは列になってＢⅡｄ（ラーガｄ）区画へ行きました。ビルケナウの男性の区画です。ラーガｄに入っての第一印象は非常に強烈でした。最初に通ったのがＳＳの小屋の前で、これは各区画の入り口にあり、人の出入りをチェックするものです。小屋を過ぎるとすぐ右に見えたのが、水をいっぱい貯めた水槽でした。目を上に向けると、水槽の片隅に死刑用の刑架が立っていました。この光景は強烈で、「なんという出迎えをしてくれたものだ！」と思いました。

ラーガｄは二列の小屋からなっていました。最初の二つは他の小屋より大きく、炊事場に使われていました。小屋全体の中央にあったのが特殊任務部隊[*1]の小屋でした。入ると囚人がひとりでいて、私たちを待っていたようでした。そしてなぜか私のほうに来て、それも親しげに「おい、イディッシュ語を喋れるか?」と聞いてきます。私はギリシャにいたときはイディッシュ語を聞いたことがなかったのですが、収容所に入ってから必要にせまられたのと、闇市で兵士と取り引きしていたときにドイツ語を少し覚えたおかげで、イディッシュもヤディッシュもヨディッシュも〔いずれもユダヤ人の方言〕喋れるようになっていました。それで結局なんとか、わかり合えた！ 彼は私にどこから来たのか、腹は減っていないかと聞きました。アテネの刑務所から十一日間旅をして、検疫所にいたのが三週間、もう一か月半も私は空腹を我慢しています。もちろん腹は減っている！ いつも空腹だったのですが、ここまでくるともう妄想になり、一種の病気になっていました。すると彼は食べ物を探しに行き、大きな白パンの塊一個とジャムを持ってきました。パンはけっこう大きかったので、兄や従兄たちと分けることができました。私たちにとっては大ご馳走、この地獄では想像もできないほどの贅沢でした。彼は私にどんな仕事をするか知っているかとも聞きました。私は何でもいいと答えました。私にとっていちばん大事なのは、生き延びるための食べ物でした。すると彼は、それは問題ない、食べ物なら十分あるだろうと答えました。私はちょっとどぎまぎしました。こんなところにどうして食べ物が「十分」ありえるのだろう？　彼はさらに、食べ物なら普通にもらえるうえに、他にももらえるものがあると説明しました。でもそれが何で、どうやってということまでは言いません。それから、私たちが配属された部隊の名前を知っているかと聞きました。答えられないでいると、彼は私たちがいるのは「特殊任務部隊」だと言いました。

「特殊任務部隊って何？」

「特別の部隊さ」

「特別って？　なぜ？」

「なぜって焼却棟で働かなきゃいけないからさ……みんなが焼かれるところさ」

私にとって仕事はみな同じ、それに収容所での生活にも慣れていました。でも彼は、焼かれる死体が生きたまま焼却棟に到着した人たちのもの……とは、いっさい言いませんでした。

彼はまた、特殊任務部隊の人員は定期的に《選別》され、他の場所に《移送》され、それはほぼ三か月ごとだと言いました。その時点で私は《選別》と《移送》が婉曲《えんきょく》な言い方だとはわからなかったのですが、本当は《抹殺》という意味でした。でも、そう時間をかけずに真実がわかった。私たちが特殊任務部隊に組み込まれたのは、《選別》されて殺された[*2]旧囚人たちの代わりだったのです。

その男性はアブラハム・ドラゴンという名前でした。じつは、彼の名前を知ったのはなんと六十年後、イスラエルで再会したときなのです。そのとき私はあの男性かもしれないと、かすかな希望を抱いてこの話をしました。あのとき、私を非常に人間的に迎え入れてくれた男性とは、その後二度と会えていなかったのです。彼は微笑み、感動して、飢えた若いギリシャ人が特殊任務部隊にたどり着いたときのことを、彼も忘れていなかったと言いました」

＊1　特殊任務部隊の小屋は男性収容所（BⅡd）の小屋十一。懲罰団の小屋十三とは便所で仕切られ、ともに他の小屋とは隔離されていた。

＊2　一九四四年二月二十日、特殊任務部隊の人員二百人がルブリン・マイダネック収容所（ポーランド）に送られ、抹殺された。

第3章

特殊任務部隊——焼却棟

特殊任務部隊の小屋は他の小屋とほぼ同じ形だったのですが、ただし、有刺鉄線で囲まれ、レンガの壁があって、男性収容所の他の小屋とは隔離されていました。他の四人とは会話などができませんでした。でも、そこにいたのはそう長くなく、約一週間もすると焼却棟の内部にある共同寝室に移動させられました。特殊任務部隊のメンバーが再び男性収容所の小屋に戻って寝るのは、終戦近くで、焼却棟が解体されたときです。

最初の日、私たちは焼却棟に送られたのですが、中庭にいただけで建物の中には入りませんでした。当時はそれを焼却棟Ⅰと呼んでいました。アウシュヴィッツⅠに最初の焼却棟があるのを知らなかったのです。建物の中に入るには階段を三つ上るのですが、看守は私たちを中に入れずにまわりを一周させました。特殊任務部隊の男がひとり来て、私たちがこれからすべきことを言いました。草むしりと、ちょっとした地面の掃除です。それほど役に立つ仕事ではありませんでしたが、ドイツ人は私たちをとりあえず焼却棟内で働かせてから取りこもうとしたのだと思います。二日目も同じことをしました。

私は生来の好奇心から、建物に近づいて窓から中を覗いてみようとしました。こんなことは断じて禁じられていたのですが、一歩一歩、窓に近づきました。窓が面していたのは死体が置かれた部屋、つまり、あとで知ったのですが、ガス室のちょうど真上でした。かなり近づいて一瞥したとき、目にした光景に私は凍りつきます。そこには捨てられた死体が山のように積み重なっていたのです。しかもまだ若い人たちの死体でした。私は仲間のところに戻り、見たことを話しました。今度はみんながこっそり、看守に気づかれず見に行きました。みんな、ぼうっと、信じられないという顔で帰ってきました。そこで何が行われていたのか、考えることさえできなかった。あの死体が前に着いた編成列車の《余り》だと知ったのは、あとになってです。次の編成列車が到着する前に焼く時間がなく、ガス室を空けるためにそこに置かれていたのです。

午後二時頃、私たちは看守の指示で地下の脱衣室に行きました。床にあらゆる種類の服が散らばっていました。それらを、上着やシャツを使って小さく包むように言われました。それから、その包みを持って上へあがり、外の階段の前に置くのが仕事でした。あとでトラックが回収に来て、カナダ小屋*へ運んだのだと思います。

午後五時頃、看守にまた集合するよう命じられます。時間から察するに、《集合》はこの辛い仕事の一日が終わったと思うでしょう。ところがそうじゃなかった。私たちは焼却棟から出たことは出たのですが、右に曲がって小屋に戻るのではなく、左に行かされて白樺の小さな林を通らされました。ギリシャではこんな木は見たことがなかったのですが、ビルケナウにあったのはこの木だけで、収容所のまわりじゅうにありました。小道を歩きながら聞こえたのは、銀色の葉っぱが風にそよぐ音だけでした。そこへ突然、後ろのほうからざわめきが聞こえ始めました。最初は遠くから、非常にかすかな音でした。着いたのは小さな家の前で、あとでそれはバンカーII、または《白い家》と呼ぶのを知りました。人間の声のざわめきがもっとも強くなったのはそのときです。

＊ビルケナウ収容所内の区画。そこで強制収容されたユダヤ人の所有物が選り分けられ、保管された。

——バンカーIIはどんな建物だったか、見た感じで言えますか？

「藁《わら》葺《ぶ》き屋根の小さな農家で、そのあたりの農民のものだったのはたしかです。私たちは道の近くで、その家の横に向かって並ぶように言われました。そこだと、当然ながら右も左も何も見えません。夜も更け、ざわめきが人だとはっきりわかるようになってきます。私は、例によって好奇心から、近づいて何が起きているのか見ようとしました。農家の前に家族がそろって待っていました。若い男性と女性、子供もいます。全体で二、三百人はいたと思います。みんなどこから来たのかは知りませんが、ポーランドのゲットーから強制収容されたのだと思います。そのあとで、死に追いやる仕組みがわかったとき、あの人たちはバンカーIIに送られたのだとわかりました。他の焼却棟がいっぱいだったからです。それだから、ドイツ人は汚い仕事をする追加の人手が必要だったのです」

——その人たちが服を脱がされたのは門の前だったのですか、それとも小屋の中だったのですか？

「その頃、バンカーIIの前の脱衣小屋は解体されていました。いずれにしろ私は小屋は見ませんでしたし、みんな門の前で強制的に服を脱がされていました。子供たちは泣いていました。怖くて不安になっているのが手に取るようにわかりました。みんな見るからに途方に暮れていました。きっとドイツ人はこれからシャワーを浴びに行き、そのあとで食べ物をやるとでも言ったのだと思います。もしみんな本当のことがわかっていたとしても、何もできなかった。何かしようとしたら、誰でもその場で殺されたでしょう。とにかくドイツ人は人間としての扱いをしなかった。でも、家族を一緒にしておけば最悪の行動に出ないだろうというのがわかっていたんです。

結局、みんな強制的にその家に入れられました。戸が閉められます。全員が中に入ったところで、赤十字の印を横につけた小さなトラックが到着し、やや大柄なドイツ人が出てきました。彼はその家の一つの壁の上にある小さな開口部に近づきます。も

《アウシュヴィッツⅠ　ガス室に改造された元農家の一画》
ダヴィッド・オレール　1945年
紙に水墨と淡彩
ヤド・ヴァシェム（ホロコースト記念館）、エルサレム、イスラエルちろん脚立を使ってでしたけどね。そして箱を受け取り、蓋《ふた》を開けて、開口部から中身を注ぎました。それから開口部を閉め、帰っていきました。するとすぐ、ずっと続いていた叫び声と泣き声が一段と大きくなりました。それが十分から十二分ほど続き、それからぴたりと止まりました。

私たちはというと、家の裏に行くように命じられました。向かっていると、そのあたりから奇妙な光が出ているのに気づきます。近づいてわかったのは、光はそこから二十メートルほどのところにある墓穴で燃えている火でした」

――それらを見て何を考えたか、思い出せますか？

「いまになると理解しがたいのですが、そのときは何も考えていませんでした。仲間どうしで言葉を交わすこともできなかった。禁じられていたからではない、恐怖に震えあがっていたからです。ロボットになっていたんです。何も考えないようにして命令に従い、数時間でも生き延びようとしていた。ビルケナウは本当の地獄でした。あの収容所のやり方は理解しようにも誰もできなかった。それもあって私は話したいのです。できるかぎり話したい。でも、自分で覚えていて、この目で見たと確信していることだけです。それ以外は話しません。

そうです、私たちはドイツ人の命令でその家の裏に行ったのですが、そこに墓穴があった。ドイツ人は私たちに、ガス室から死体を引っぱり出し、墓穴の前に置くよう命じました。私はガス室には入らずにいて、バンカーと墓穴を往復しました。死体を墓穴に置くのは私たちより経験のある特殊任務部隊の人間で、火が消えないようにうまく落としていました。死体を詰めすぎると空気が通らず、火が消えるか、火勢が弱まってしまう。そんなことにでもなろうものなら、看守もドイツ人も怒り狂ってしまいます。墓穴は斜めに掘られ、身体が燃えながら放つ人の脂肪が墓穴を伝って隅に流れ、底にあるタンクのようなもので受けるようになっていました。火が消えそうになると、隊員はタンクに貯まった脂肪を少し取って火に振りかけ、炎の勢いを増さなければならない。そういうのを見たのはバンカーIIの墓穴だけでした。

　このなんとも辛い仕事をして二時間ほどした頃、轟音がしてオートバイが近づいてきた。先任者たちがひそひそ声で怖そうに「マルアハモヴェス！」と言いました。そこで私たちは《死の天使》を知ったのです。先任者たちはイディッシュ語で恐怖のSSオットー・モル*を形容していたのです。モルに一瞥されるだけで震えあがりました。

　私たちを虐待して快感を味わう彼の残忍さと、サディスティックな性癖をかいま見たのは、その直後です。モルは足を地面につけないうちから「アルバイト！　仕事だ、ユダヤの犬どもめ！」とわめき散らしました。たけり狂った動物のようでした。彼が到着して仕事のペースは明らかに上がりました。私たちが二人がかりで死体を運んでいるのがわかると、彼はいらだち始め、「ひとりで死体一つだ！」とわめく。二人で運ぶのさえ難しかったのにです。地面がぬかるんで足を取られた。それなのにひとりでやれとは！　私はもう我慢の限界で、いまにも爆発しそうでした。

あるとき、仲間のひとりが死体を持ったまま止まり、動かずにいるのが目に入りました。私より二、三歳年上で、二十五になるかならないかの男です。バンカーと墓穴を往復して彼の横を通る者は全員、モルが気づく前に動くよう言い含めます。でも彼は誰にも答えず、じっと動かずに遠くを見たままです。ついにモルが気づき、近づいて怒鳴ります。「おい、この忌々《いまいま》しいユダヤめ！　どうして仕事をしないんだ、ユダヤの犬が！　動け！」そして力任せに鞭で打ち始めました。でも男は動かない。何をされても痛くないように、鞭を避けようともしません。彼は完全に理性を失い、精神はもうこの世になかったのだと、私は思います。痛みも恐怖も感じていないようでした。この無反応な態度に激怒したモルは、ベルトから拳銃を取りだしました。往復を続けていた私たちは、モルが数メートル離れたところから男を狙って引き金を引くのを見ました。ところが、まるで弾が当たらなかったかのように、男は立ったまま動かない。致命的な一撃を受けたのに、どうして倒れて死なないのでしょう？　私たちには見当もつきません。モルは余計にいらだって、同じ拳銃で二発目を撃ちました。それでも何も変わりません。弾も音も恐怖も、彼には届かないようでした。これは奇跡だと思ったのですが、奇跡は永遠に続くものではありません。たまたまモルの横を通った私は、彼が拳銃をしまって、もっと口径の大きい銃を手にするのを見ました。彼は引き金を引き、哀れな男は倒れて死にました。運悪く、ちょうどそのとき近くにいたのが私でした。墓穴から空手で戻り、他の死体を取るところだった。モルは私に「こっちへ来い！」と合図して、もうひとりの仲間と死体を墓穴の前まで運ぶよう命じました。数メートル進むか進まないうちに、モルはふと思いついたようにわめきました。「ハルト!!　アオスツィーエン！　止まれ!!　脱がせろ！」彼が言うには、服は第三帝国のもので、死人と一緒に焼くわけにはいかぬ。他の囚人に使えるということでした。私たちは命令で服を脱がせました。知っている人間の、まだ温かい死体の服を脱がせなければならないとは……。でも、もちろんやるしかありません。じゃないと私も哀れな男と同じ運命になってしまいます。みんなもう何も考えられず、世の中から外れ、すでに地獄にいたのです。男の身体を墓穴に捨てたとき、火が勢いよく燃え上がりました。暖炉に木を入れたときのように、一瞬にして燃えさかり、身体を呑み込もうとしているようでした。このときまで、私は自分で何も考えないことにしていました。命令されることを、考えず、ロボットのようにやるしかなかった。でも、男の身体が燃える炎を見て、死人のほうが生きているより恵まれているかもしれないと考えました。死ねば、この地上の地獄を耐え、人間の残酷さを見る必要もなかったと。

こうして仕事は翌日の朝まで続きました。ええ、みんな休みなしに二十四時間働いて、やっと小屋に戻ってよしと言われたんです。でも、極度に疲労していたのに、眠ることができない。あの光景が頭から離れず、またそこへ行かなければならないと思うと気が立って寝られなかった。午後になると看守が来て、前夜にバンカーIIで働いた者は今夜は行かなくていいと言いました。少しほっとしました……。

休息は続きませんでした。その翌日にはもう仕事に行かねばならず、私は十五人ぐらいのグループで焼却棟IIIへ派遣されました。私は理髪師だったと言ったものですから、焼却棟で私たちを待っていた副看守に丈の長いハサミを手渡されました。洋服屋が布を切るのに使うようなやつです。それから、仕事をする部屋に向かわされました。先任者がごく簡単に仕事の内容を説明しました。

息つく間もなく死人と接触しました。その前に強制収容された編成列車の一群がガスで殺されたばかりで、特殊任務部隊の男たちがガス室から死体を引きだしているところでした。死体は焼却炉に入れられる前で、広い部屋に置かれていました。その場所で、私は死人の髪を切らなければならなかったのです。髪を切るのは三、四人でした。それから二人の「歯医者」が死人の金歯を抜き、抜かれた金歯は特別の小箱に入れられて、誰も近づけないようになっていました。そのひとりが友だちで、歯医者だと言い張ったレオン・コーエンでした。彼は歯科用のペンチと、口の中を見る小さな鏡を持たされていました。レオンは自分のすべきことがわかったとき、卒倒しそうだったのを覚えています。最初のほうの死体は早く進み、彼は口を開けて金歯を抜いていました。ところがだんだんと難しくなってきた。死体が硬直して、顎《あご》を開けるのに力がいったからです」

＊SS曹長のオットー・モルはバンカーIとIIの責任者としてビルケナウに配属された。準収容所のフュルステングルーベとグライヴィッツ（ポーランド）収容所の所長を務めたあと、ビルケナウに召集されたのは一九四四年五月、以降九月まで全焼却棟の責任者として君臨する。終戦後の一九四五年十二月十三日、ダッハウの訴訟で死刑を宣告され、一九四六年五月二十八日、ランツベルクの刑務所で絞首刑に処せられた。

——焼却棟に着いたとき、ガス室は見ましたか？

「私はガス室から死体を出す仲間に入っていませんでした。でも、そのうちよくやらされるようになりました。この仕事に配属された最初の人間は、手で死体を引っぱってみたのですが、その手があっという間に汚れて、滑りやすくなった。次に直接触れないよう、布切れを使おうと考えた。もちろん、布もすぐに汚れて濡れてしまった。そこで何とかしなければというので、ベルトで死体を引っぱろうとしたのですが、これも実際にやってみると、もっときつい。そのたびにベルトを開け閉めしなければならなかったからです。結局、杖を首に引っかけて身体を引くのがいちばん簡単ということになりました。その様子はダヴィッド・オレール〔281頁参照〕の絵〔左頁〕を見るとよくわかります。

杖なら、ガス室送りになった高齢者がみんな持っていたので、不足はしなかった。少なくとも、手で死体を引かずにすみました。そしてそれは私たちにとってとても重要でした。運ぶのが死体だからというのではなく、いや、それもそうなのですが……、その死が穏やかな死とはとても言えなかったからです。ひどく汚い死、無理に死なされた辛い死で、誰ひとり同じ死ではなかった。

これはいままで一度も話したことがありません。本当に重くて悲しい話なので、ガス室で見たことを話すのは辛くて仕方がない。人体組織の抵抗力で目が眼窩《がんか》から飛びだした人もいれば、恐怖とガスの効力で、犠牲者は身体の中のものを全部排出するれている人もいました。身体じゅう出血している人もいれば、自分や他人の排泄物で汚ることが多いのです。なかには全体が赤くなった身体もあれば、真っ青なのもあって、みんな違っていました。でも、みんな苦しんで死んでいました。普通の人は、ガスが注入されて、はい終わりと考えるでしょう。でも、なんという死か！……。よく見ると、お互いにしがみついて、少しでも空気をとみんな必死だったんですね。床に落ちたガスから酸が発散するので、みんな空気がほしくなる。そのために、最後のひと

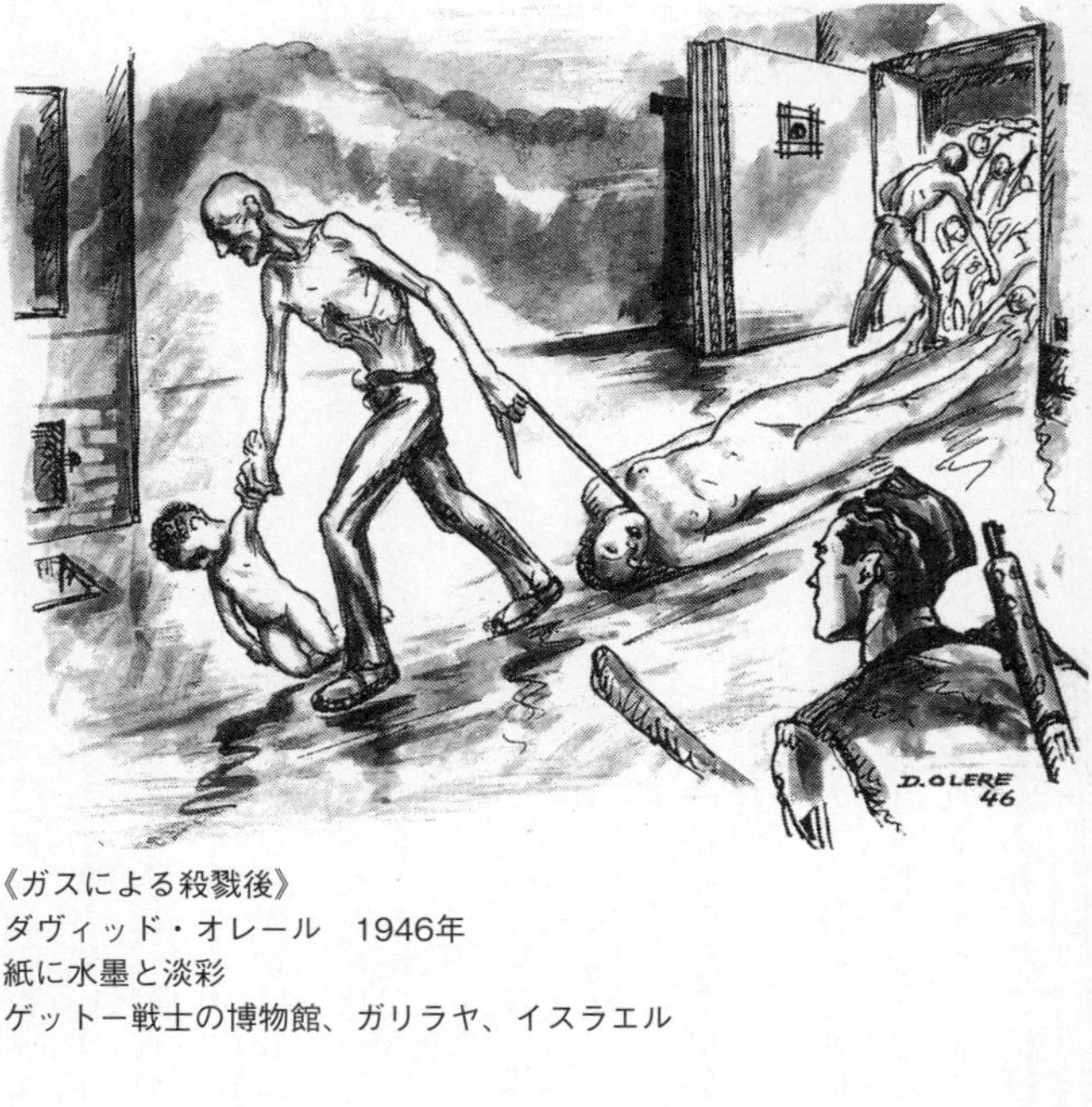

《ガスによる殺戮後》
ダヴィッド・オレール　1946年
紙に水墨と淡彩
ゲットー戦士の博物館、ガリラヤ、イスラエル

りが死ぬまでみんなお互いの上をよじ登ろうとする。これは私の推測で、たしかではないのですが、多くの人はガスが注入される前に亡くなったと思います。みんな本当にぎゅうぎゅう詰めでしたから、小さい子や身体の弱った人は、間違いなく窒息したでしょう。こういう特殊な状況になると、人間は自己中心的になり、逃げることしか考えなくなる。それがガスの効力でした。戸を開いたときの光景はむごく、こんなことがあるとは到底思えないほどでした。

最初の頃は、腹が減って苦しいほどだったのに、パンをもらっても口をつけることができなかった。臭いが手にしみついて、自分が穢《けが》れたように感じました。時間とともに、だんだん慣れるしかなかった。何も考えてはいけない日常の一部のようになりました」

――新たな編成列車が着いてからの経過を詳しく語ってもらえますか?

「新しい編成列車が到着すると、毎回、人々は焼却棟の正門から中に入り、脱衣室に続く地下の階段へ向かいました。本当に大人数だったので、長い行列になって蛇のようでした。列の頭が入っても、最後尾までまだ百メートルほどありました。ランプの選別のあと、女性と子供と老人が最初に送られ、それから男性が来ました。脱衣室には、壁沿いに番号をふった洋服掛けと小さな木の板があり、そこに座って服を脱げ

《アウシュヴィッツⅡ＝ビルケナウのブロックⅡからⅤ》
ダヴィッド・オレール　1945年
紙に水墨と淡彩
ゲットー戦士の博物館、ガリラヤ、イスラエル

るようになっていました。うまくだまそうとしてか、ドイツ人は人々に、シャワーを出てから自分たちの服がすぐに見つかるよう、番号に注意するよう言っていました。そのあと頃合いを見て、靴を一足ごと紐で縛るという命令を加えました。本当は、荷物がカナダ部隊に着いたときに選別を楽にするためでした。これらの指示は、普通、警備のSSがしたのですが、強制収容された人たちの言葉を話す特殊任務部隊の人間が直接伝えることもありました。人々を安心させ、早く、何事もなく事を進めるため、ドイツ人は《消毒》後の食事も約束していました。多くの女性が一番になろうとして急ぎ、全部を一刻も早く済ませていました。そのぶん子供たちは怖がって、母親にぴったりくっついていました。子供たちにとっては、他の誰より、何もかもが不思議で不安で、暗くて寒かったはずです。

服を脱ぐと、女性たちはガス室に入って待っていました。頭上にシャワーの握りがあったので、シャワー室だと思っていたんでしょうね。本当はどんなところにいるのか知るよしもなかった。こんなこともありました。ひとりの女性が、水が出てこないのを不思議に思ってか、戸の前にいたドイツ人のところへ行こうとしたのですが、すぐに激しくぶたれて元の場所に戻されてしまった。きっと何か聞こうとしたんでしょう。

それから、最後に男たちもガス室に入れられました。ドイツ人が考えたのは、最後

《脱衣室の中》
ダヴィッド・オレール　1946年
紙に水墨と淡彩
ゲットー戦士の博物館、ガリラヤ、イスラエル

に力のある男を三十人ぐらい入れれば、ガス室が満杯でも力で押してくれるだろうということでした。実際、後ろから動物を殺すようにむごい殴打を受ければ、男たちも強く押して中へ入るしかなかった。そういうことで、私に言わせると、ガスが注入される前に死ぬか、苦しんだ人はたくさんいると思います。この過程を管理していたドイツ人は、すでに死の運命にある人々を少しでも苦しめるのを喜んでいた節もあります。ガスを注入するSSが到着するのを待ちながら、明かりをつけては消して怖がらせ、面白がっていました。明かりが消されると、ガス室から異様な音が洩れてきました。人々はこれから死ぬのがわかってか、激しい不安に胸が締めつけられているようでした。それからまた明かりがつくと、安堵のようなため息が聞こえてきました。作戦が中止になったとでも思ったのでしょう。

そうこうするうちに、ついにガスを持ったドイツ人が到着しました。彼は特殊任務部隊の囚人を二人呼びつけてガス室の上にある揚げ戸を持ち上げ、開いた口からチクロンBを入れました。蓋《ふた》はセメントで非常に重く、ドイツ人がひとりで持ち上げようとするはずもないので、私たちが二人がかりでしなければならなかった。私がしたこともあります。これはいままで言ったことがありません。蓋を開け閉めしたのが私たちだったと認めるのが辛かった。でもそれが事実です」

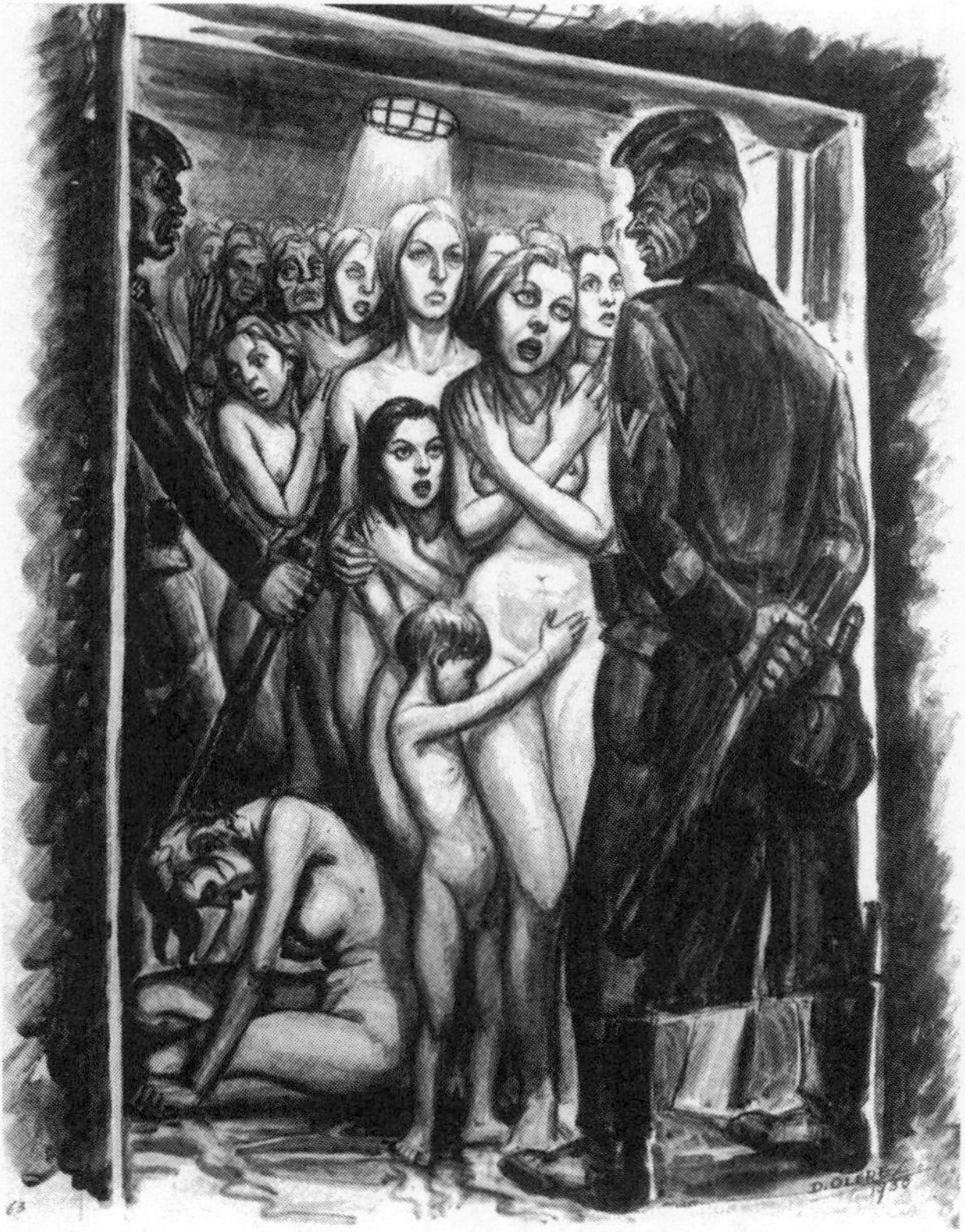

《ガス室の中》
ダヴィッド・オレール　1950年
紙に水墨と淡彩
個人の収集品

――ＳＳはガスマスクをつけていたのですか？

「いいえ、私は見たことがありません。ガスを注入するときも、あとで戸を開けるときもマスクはつけていませんでした。いや、つけていたと言う人がたくさんいるのを知っています。でも、それはたぶん他の焼却棟でしょう。いずれにしろ、私のところはそうじゃなかった。つける必要がなかった、あっという間に終わったからです。蓋を開け、注入して閉めるだけでしたから。でも、ドイツ人はガスを入れるだけで、開け閉めまでしませんでした。

いったんガスが注がれると、十分から十二分ほどかかって最後には何の物音も、誰かが生きている気配もしなくなりました。全員ちゃんと死んだかどうか確認するため、ひとりのドイツ人が分厚い戸につけられたのぞき窓から中を見ました（内側は、ガラスが割られないよう鉄の棒で保護されていました）。ドイツ人は全員が死んだのを確かめると戸を開け、扇風機を回して、さっさと立ち去りました。私たちは二十分ほど扇風機が回る轟音を聞いていました。それからやっと中へ入ることができ、ガス室から死体を引き出す作業を始めました。むかつくようなきつい臭いが立ちこめていました。その臭いがガス特有のものなのか、人からなのか、人間の糞便なのか、区別はつけられなかった」

——そこであなたは何をしなければいけなかったのですか？　正確に。

「ハサミを渡され、女性の髪を切ることです。切ったのは長い髪だけですから、男には触りませんでした。やりやすかったのは長い三つ編みで、切るのも運ぶのも楽でした。ハサミがばかでかいので、切るのに両手を使わねばならなかった。それから、髪を集めて大きな袋に入れました。普通はトラックが来て、横に置いた髪の袋を回収し、それから街の一画にある貯蔵所に運んでいきました。

髪を切って金歯を抜く作業が終わると、二人の仲間が来て死体をリフトに乗せ、建物の一階にある焼却炉に運びました。脱衣室とガス室は地下にありました。大人か子供か、太っているか痩せているかで違いますが、リフトには七人から十人ぐらい乗せられました。上の階では二人が死体を回収してリフトを戻しました。リフトには戸がなく、片側が壁でブロックされていて、上階に着くともう一方の側から死体をおろせるようになっていました。死体はそれから二体ずつ引っぱられて、焼却炉の前に置かれました。

焼き窯《がま》の前では、三人の男が死体を中に入れる仕事をしていました。死体は担架のようなものの上に互い違いに置かれました。うち二人が担架の左右の横にいて、長い木の棒を下に通して持ち上げます。三人目は柄をつかみ、窯に向かって押しこみます。死体を滑らせて中に入れ、鉄が熱くなる前に急いで担架を引きあげる。特殊任務部隊の男たちは、担架の上に水を注いでから死体を置くのが習慣でした。じゃないと熱くなった鉄に身体がくっついてしまうんです。万一そうなると、熊手で身体を引き出さなければならず、皮膚の一部がくっついたまま残ったりして、仕事が難しくなりました。そんなときは作業全体が遅れて、ドイツ人に何を言われるかわからない。だから、迅速かつ巧妙にしなければならなかったのです」

——ダヴィッド・オレールの絵を見ると、焼却炉の前に水路がありますが……。

「それは死体をリフトから焼却炉まで運びやすくするためのものです。その溝に水を流しておくと、わりと身体が簡単に滑っていきました。バンカーIIではそうじゃなかったので、私たちの足も身体も泥で動きが取れなかった。逆に、ガス室から死体を出すときは水をまく必要がありませんでした。床はもう全体が濡れていたからです。ええ、本当に全体です。血や排泄物、尿、嘔吐物、何もかも……そのなかで滑ることもありました。

私は普段は髪を切っていたと言いましたが、ガス室の中でも仕事をすることがありました。へとへとになった友だちを少し助けてあげるためです。私の仕事はそれより酷ではなかったので、ときに交替して、友だちが息抜きできるようにしてあげました。最悪だったのはやり始めで、何も支えがないところで最初の死体を引きださなければ

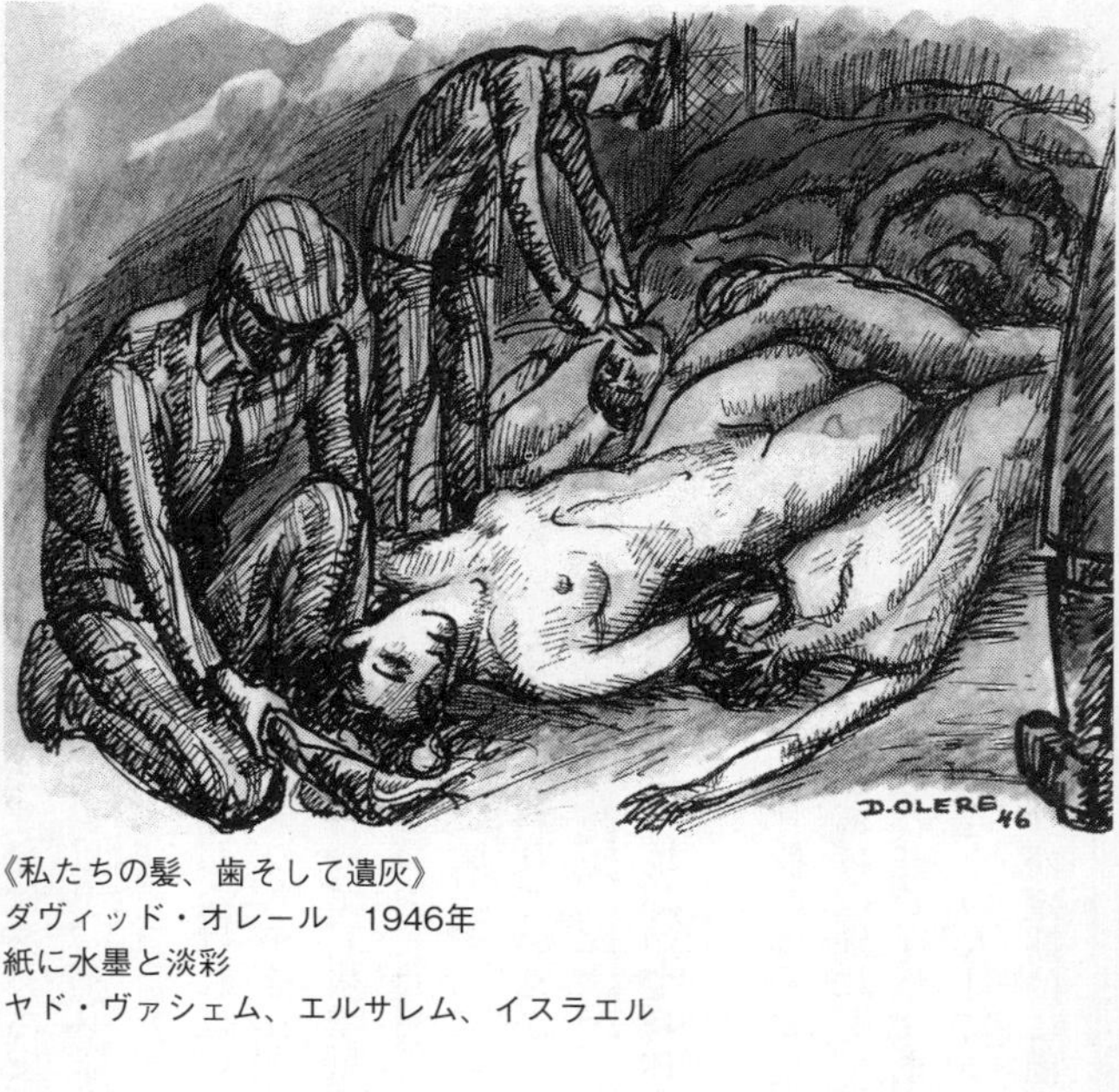

《私たちの髪、歯そして遺灰》
ダヴィッド・オレール　1946年
紙に水墨と淡彩
ヤド・ヴァシェム、エルサレム、イスラエル

ならなかったときです。身体と身体が絡みあったまま、足はあっちで頭はここという状態で積み重なっている。死体の山の高さは一メートル以上、一メートル半はあったでしょう。

部屋が空っぽになると、今度はすっかりきれいに掃除しなければいけない。壁や床が血や排泄物の跡で汚れていると、新しく入れられた人たちがそれを見て半狂乱に陥らないわけがない。まず最初に床を掃除し、乾くのを待って石灰で壁を塗り直しました。扇風機は回りっぱなしで空気をきれいにします。こうして準備したうえで新しいグループの到着を待ちました。その人たちが入るときに床が濡れていても疑われなかった。みんな消毒のためにシャワーを浴びに行くと言われていたからです」

――ガス室の痕跡はすべて消したわけですね。では、焼却炉で身体を焼いて、灰はどうしたのですか？

「灰もやはり痕跡を残さないために処分されました。骨盤のように焼きの悪い骨もそうです。焼却炉でも墓穴でも同じで、分厚い骨は引きあげ、別にして砕いてから、灰と一緒にして混ぜました。作業は焼却棟の中庭、建物の裏で行われました。たとえば焼却棟Ⅲでは、灰を砕くのは病院とジプシー収容所の近くの人目につかない場所でした。砕かれた灰は小さな荷車で運ばれ、それをトラックが定期的に回収して川に捨て

《焼却炉の部屋》
ダヴィッド・オレール　1945年
紙に水墨と淡彩
ゲットー戦士の博物館、ガリラヤ、イスラエル

に行きました。灰を砕く仕事をしていた男と交替したこともときどきあります。そういうときは外の空気が吸え、息苦しくもおぞましい焼却棟の雰囲気から逃れることができました」

――ガス室から焼却炉への過程が中断することは一度もなかったのですか？

「私たちは昼と夜の二当番制で働いていました。でも、中断することはなかったはずです。絶えることなく連続する流れ作業でした。一度だけ、煙突に問題が起きて二日間中断を余儀なくされたことがあります。熱くなりすぎてレンガが溶け、それで空気を詰まらせたんですね。ドイツ人にとって二日間の損失は一大事です。ポーランド系ユダヤ人の若者が、煤《すす》と熱から身を守るために袋をまとい、焼却炉の横を開けて問題のレンガを取り出しました。そのレンガを見ると、人間の脂肪が挟まってぴかぴか光っていました。二日間中断したおかげで、その前にガス室に送られた三百体の死体相手の仕事の再開はとくに辛かった。暑さで腐敗していたんです。でも、自然死と違って硬直はしていなかった。ガスで殺された身体は溶けていたんです。引き出そうとしても、肌がぼろぼろになっていて、手に残る。本当にひどかったんです」

――新しい集団が到着すると即座に仕事が再開したわけですね。それで、人々が脱衣室にいるあいだ、あなたは何をしていたのですか？

「普通は、自分の《仕事》の番になるまで待ちながら休憩していました。でも、事ができるだけ平穏に行われるように、脱衣室に行って手伝うこともありました。私たちはそう多くなく、せいぜい数人でしたから。これから死ぬ人たちの苦しみを少しでも軽くしようと思ってですが、これを「協力」と言えるとは思いません。私が手伝ったのは、たとえばお年寄りが服を脱ぐときです。もたもたしていると殴られましたからね。

一度、十二歳ぐらいの女の子二人と一緒にいる母親を見たことがあります。三人とも服を脱がずにいて、他の人たちを見て固まっていました。ベルギーから来た人たちで、裕福で奥ゆかしい家庭だったのはたしかです。私は彼女たちが殴られないよう、私なりのやり方でフランス語で話しかけました。「マダム、早くしないとドイツ人に殴り殺されますよ」と。母親はみんなの前で裸になるのを恥ずかしがっているのがわかりました。そこで言いました。「誰もみなさんを見ていませんよ！　心配しなくて大丈夫です」　そして彼女の前に後ろ向きに立って、少し気を楽にしてあげました。ちらっと見て、三人とも服を脱ぐ決意をしたのがわかりました。もしドイツ人の目に止まったら、間違いなくぶたれたでしょう。私は少なくともそれを避けてあげた。彼女たちはみんなと一緒に行きました」

——人々はあなたに何か質問しようとしましたか？

「いいえ、私は覚えていません。みんなひどい旅で呆然としていて、その場ですべきことに集中していましたから。なかにはじっと動かず、これから何が起こるのか理解しようとしている人もいました。脱衣の時間は少なくとも一時間から一時間半続き、二時間になることもありました。人によりでした。お年寄りがたくさんいると時間もかかった。最初にガス室に入った人は、一時間以上待ったはずです。女性のなかには一刻も早くと急いで脱ぐ人もいました。最初に行くとシャワーもきれいだと思ったのですね。でも、結局は全裸で待ったわけですから、他の人より辛かったはずです」

——収容所内で選別された囚人の集団が死に追いやられるときの方法も同じでしたか？

「そういう囚人が私たちの焼却棟に送られてくるのはかなり稀《まれ》でしたね。それでもそういう集団が来ると、事は最悪でした。囚人たちはガス室に送られて、確実に死ぬのをもう知っていましたからね。普通、彼らは離れた小屋にいて、ドイツ人がチクロンBが無駄にならない人数になったと判断したところで送られてきた。ガス室はかなり広く、人が多いほど使うガスが少なくてすんだわけです。

普通、こういう人たちは非常に衰弱して、病人で諦めていましたから、抵抗という抵抗はありませんでした。骨と皮だけになって力も尽きた囚人たちを、私たちは収容所用語で《イスラム教徒》と呼んでいました。この言葉は、彼らがいつ終わるとも知れない点呼のあいだ、力尽きて倒れそうになった姿勢からきたと思います。地面に倒れないよう、最後の力をふりしぼって立っていようとしても、最後には力尽き、身体の重みで膝が曲がり、頭が重すぎて前に倒れた。イスラム教徒が地面で祈りをする姿勢になったんです。看守はその場で点呼が終わらないと、彼らの番号を回収し、次の選別に回しました」

——そういう囚人たちが焼却棟へ来たときはどうでしたか？

「彼らは事を荒立てずに服を脱がなければならなかった。囚人の数がそう多くないとき、ドイツ人は配送口から直接中へ入れました。一度、彼らのあいだで自然発生的に小さな反乱が起きたのを覚えています。何人か階段を降りるのを拒否して入り口に立ちふさがり、誰も降りられなくなった。でも、大事になる時間もなかったですね。そう遠くないところにいたモルがちょうど来て、大声で怒鳴ったからです。それでも不十分と見るや、灰を砕くのに使う大きな棍棒で、いちばん近くにいる者の頭を力任せに叩きのめしました。きっと頭蓋骨が割れたでしょう。他の者たちはおびえてしまい、どこへ向かうのか完全にわかっていても前へ進むしかなかった」

——衰弱して、トラックで焼却棟へ運ばれた人たちも同じ運命をたどったのですか？

「トラックで運ばれたのは、ほとんどが車両に残っていた人たちです。列車が到着すると、病人や身体障害者、老人など、歩けない人たちはトラックに積まれ、焼却棟の中庭に置かれました。でも、そういう人たちは焼却棟ⅣかⅤに送られるのが普通で、私たちの焼却棟Ⅲにも Ⅱにも来ませんでした。ただ、向こうに場所がないときだけ、私たちのところに来ました。三十人以上ということはなかったですね。トラックが砂でもあけるように、プラットホームの上におろしました。哀れな犠牲者たちは重なり合って落ちていました。普通でさえほとんど立っておれない人たちですよ……。落ちたときの痛みと屈辱感は堪えがたかったはずです。私たちの役は、彼らを助けて起き上がらせ、服を脱いでもらい、建物の中へ連れて行くことでした。そこにＳＳがひとり待っていて、彼らを冷酷に処刑していきました、一人ひとり……。

私たちにとってこれは、どんな辛い仕事よりも辛かった……。人々を死が待っているところへ連れて行き、処刑されるあいだ支えているなんて、これ以上辛いことがありますか？　一度、年老いた女性が服を脱ぐのを手伝わされたことがあります。老人はみんなそうですが、彼女も自分の服を手放そうとしませんでした。それに、知らない男が前にいるのですっかり気が動転していました。私がストッキングを下げようとするたびに、彼女は持ち上げる。片方を下げると、もう一方を上げる。でも、それも危険になり始め……、もしドイツ人を待たせすぎたら私の命まで危なくなるからです。私はどうしたらいいかわからず……いらいらし始めました。いまでも心に引っかかっているのですが……いらだちが爆発して、彼女を力で押さえストッキングを取り上げました。哀れな女性は全身で抵抗したのですが、結局、みんなと同じように脱ぎました」

——そういう場合、SSはどこにいたのですか？

「階段を三段上ると焼却炉の部屋になります。私たちは後ろからつきそって行かなければならない。灰を取り出す側ですね。普通、ドイツ人がいたのはその先で、最後の炉の角の後ろにやや隠れた感じでいました。ですから、屋根裏部屋の階段を上る感じで、SSの前を通ったわけです。犠牲者たちは彼にほとんど気づかず、前を通りすぎたところで、SSが首に銃口を突きつけた。少ししてドイツ側はやり方を変えて圧縮空気銃を使うようになりました。拳銃の弾だと大きすぎ、近くから撃つと衝撃で犠牲者の頭蓋骨が砕け散ったからです。それがはねかかって、ドイツ人は迷惑していた。

犠牲者につきそっていく者はやり方を知らないといけなかった。腕の先で犠牲者の耳をつかんで立たせておき、ドイツ人が撃つと、床に倒れる前にうまく犠牲者の頭を下げなければならなかった。じゃないと血が泉のようにほとばしったからです。もし、下手をしてSSに少しでも血がついたら、私たちのせいにされて否応なく罰せられ、即座に殺されることもありました。じつは私の兄が殺されそうになったんです。その頃、兄はすでに私と一緒に焼却棟Ⅲにいました。兄は犠牲者の頭を早く下げることができず、血がドイツ人にかかってしまったんです。偶然、私は近くにいたので、仲介に入ってドイツ語で「ダス・イスト・マイン・ブルーダー！　それはぼくの兄だ！」と言いました。そんなことをしたら私だって危なかったはずなのですが、なんとドイツ人は逆に冷静になって、私たちを見逃してくれました。兄はこれを機に、こんな辛い仕事をできればせずにすむよう、逃げ回るようになりました。私にとっていちばん辛かったのは、死者がまた倒れるのをそのまま放っておかなければならなかったことです。自分の意に反してその場に居合わせ、その人の重みを感じたことです。

ええ、特殊任務部隊の男たちは、こんなことも強制的にやらされていました。そんなことはなかったとか、それは本当じゃないとか言って、否定することはできません。それでも、この場合は、たとえ殺す側ではなかったにしても、自分が共犯者のように感じていたのは認めます。仕方がなかった、この地獄では他に選択がなかった！　も

《トラックから降ろされる裸の女性たち》
ダヴィッド・オレール　1946年
紙に水墨と淡彩
ゲットー戦士の博物館、ガリラヤ、イスラエル

し嫌だと言ったら、ドイツ人はその場で私に飛びかかって殺したでしょう、見せしめです。幸い、こういう集団は私たちの焼却棟にはそう送られてこなかった。せいぜい二、三回です。

特殊任務部隊の隊員が私に、焼却棟Ⅴでどんなことが行われているか話してくれました。向こうでは、トラックがまだ生きている犠牲者たちを、戸外で燃えさかる墓穴の中に直接落としたようです。私が個人的に見たわけではないので確言はできませんが、ドイツ人が人々を火の中に入れて殺すことを気にもかけなかったことは、完全にありうると思います。私のところではもっと時間がかかりました。ドイツ人は一人ひとり殺したからです」

――焼却棟ⅣとⅤに行ったことはありますか？　自分の目でⅡやⅢとの違いは確認できましたか？

「はい、四、五回行きました。最初の頃、向こうで働いていた兄に会うためです。その後、兄を私のところへ来させるのに成功しました。私の焼却棟で仕事をするほうが段取りよく、その分まあ辛くなかったからです。とくに、私のところには共同墓穴がなく、死体は焼却炉で焼かれました。でも、向こうでは焼却炉が故障しているか足りないかで、戸外の墓穴で焼かなければならなかった。追加で人手がほしいとき、私のところの看守レムケに要請がきて、何人かで応援に行ったんです。私も数回行きましたが、それを機にいつも兄に会うようにしていました。

いまでも覚えているのは焼却棟Ⅳからの帰り道。ときどきドイツ人が私の従兄のヤコブ・ガバイに歌わせるんです。「グレコ！　ズィンゲン！　ギリシャ人！　歌え！」ヤコブの声はきれいなバリトンで、そう言われて彼は、ギリシャの愛国的な歌を歌いました。ドイツ人には意味がわからなかったんですけどね。収容所じゅうに、「ギリシャの国旗よ、ああ我が愛する母よ、決して祖国を外国に譲るまい、死ぬが花」という意味の歌が響きわたりました。まるで戦争に勝ったギリシャ軍が、突然収容所に入ってきたようでした。

私は焼却棟ⅣとⅤの中までは入らなかったので、外から見たことしか言えませんが、何度考え直しても驚くことばかりです。例によって好奇心旺盛ですから、内部がどうなっているか入り口を探さないわけがない。もしあのとき生き延びられると一瞬でも考えられたら、見たことを全部メモして話せたのですが……、でも、ええ、向こうで見たのは墓穴だけでした。大きなプールほどの大きさがあり、人体はその前に運ばれて、中に置くのは勝手知った特殊任務部隊の男でした。私の記憶に間違いがなければ、墓穴は二つ、入り口の前の焼却棟側にありました。歴史家によると墓穴はもっとたくさんあったということですが、私が向こうにいたときは二つしか稼動していなかった。

それらは私がバンカーⅡの近くで見た墓穴と似ていて、違っていたのは、焼却棟Ⅴの墓穴には焼却炉がついていることでした。

焼却棟ⅣとⅤはⅡとⅢより小さく、焼却炉の機能も悪く、能力も劣っていました。墓穴を使うことで死体焼却のペースが高まったんです。小さな炉で七百体を焼くと時間がかかったからです。正常に機能しなかった。私たちのところでは千八百体まで焼くことができました。

一つの編成列車を抹殺する全過程は、平均で七十二時間かかったと思います。殺すのは早かったのですが、死体を焼くのに時間がかかった。そして、人体を消し去ることこそがドイツ軍のいちばんの問題で、墓穴で焼くと少し早くできたというわけです」

——焼却棟ⅣやⅤへ行ったときは、あなたも強制的に手伝わされたのですか？

「当然そうです。看守にはたとえば、死体をある場所から墓穴まで運ぶように言われました。でも、向こうで指示するのは私のところの看守ではなかったので、そう危ない目にあわずに手抜きができた。つまり、言われた通りではなく、ゆっくりやることです。私たちは決まった人員ではなく、ただの援軍、よそ者でした。物事を時間通りにしなくても、悪いと責められる心配はなかった。

向こうにいたときに遭遇した恐ろしい話を覚えています。かの有名なモル、《死の天使》が、ギリシャ人の若い兄弟アルベルトとラウル・ジャコンを罵倒していました。二人は、洗い桶に引火性の液体を入れて持ってくるよう言われました。持ってくると、モルの悪魔は二人に靴を脱いで足を桶につけるように命じました。モルがマッチを放ると、火がぱっとつき、当然のことながら兄弟は飛び上がって外に出ました。もちろんモルは狂ったように怒ります。続けて「楽しもう」と、今度は有刺鉄線の柵を乗り越えるよう命じます。向こうに渡れば自由になれると信じさせたんですね。そのとき有刺鉄線に電流は通っていませんでした。だから兄弟はかなり高くまでよじ登れた。ところが、モルはもちろん約束など守る意思はなく、兄弟をわしづかみにして、犬のように叩きのめしました」

――お兄さんはそんなところで働いていたのですか？

「はい。でもじつを言うと、焼却棟Ⅳで兄に会えたのは一回だけでした。兄がどうしているか知りたい一心で何度か行ったのですが、機会がなくて見つけられなかった。ついに会えたとき、兄の焼却棟のほうが私のところより恐ろしくて辛い仕事なのはもうわかっていました。少なくとも、私たちは人体を墓穴まで運ばずにすみました。私は兄と一緒にいたかった以上に、兄をあんなところに残しておきたくなかった。安心したかった。だから、私のところに引き寄せるのにあらゆることをしました。それに、せめて最後の瞬間を兄弟一緒に過ごしたいと思ったのです。私は、三か月後に一種の選別があり、特殊任務部隊の男は抹殺されるものと確信していました。三か月以上生きられるとは思ってもいなかった。だから、最後が近づいたと見たとき、私の焼却棟の看守レムケに会いに行きました。ポーランド系ユダヤ人で、悪い男ではなく、信頼していました。焼却棟の看守は他の収容所の看守とは違っていました。全員がユダヤ人で、叩くことはなく、私たちに対してサディスティックな暴力をふるうこともありませんでした。おまけに一般的な言い方をすると、彼ら看守が他の仲間と十月の反乱を組織したのです。

レムケはどちらかというと控え目な男で、あまり喋らず、人を簡単に信用しませんでした。せいぜい私たちに「みんな、仕事につけ！」と言うぐらいでした。彼に従わない場合、唯一怖いのは次の選別人員に指名されること。でも私は彼との関係を築くことに成功し、友情とは言えないまでも、信頼関係はありました。それで私は彼に会って、私なりにつたないドイツ語で、兄を移送させてもらえないか頼むことができました。彼は、私の兄は強い男で、いい性格かと聞きました。私は「はい」と答え、兄は筋肉質で、肉体的に私より強く、二人でよく合唱をして、私がハーモニカを吹き、兄が踊るという話もしました。その場では、なぜ彼がこんなことを聞くのか本当のところわかりませんでした。でも、要は彼が受け入れたことでした。そのあとですね、彼がすでに反乱を考えていて、肉体も性格も強い男をそばに置きたかったことがわかったのです。

兄を焼却棟Ⅳから Ⅲへ来させるには《シュテュック》、つまり《断片》を交換しなければなりませんでした。ええ、私たちはただの断片としか見なされていなかったのです。レムケは焼却棟Ⅳの看守と話をつけました。それで、ある日、私たちのところから四人の男がスープをもらう鍋を持ってラーガｄに行き、なかのひとりでけっこう年配のギリシャ人が、同じ時間に焼却棟Ⅳから来た私の兄と入れ替わりました。こうして兄は焼却棟Ⅲに来て私と一緒になったわけです。それはドイツ人にとっても看守にとっても同じこと、どっちから見ても《断片》で……、重要なのは数が合っていることでした。彼らは登録番号さえ見ようとしなかった。私たちは《シュテュック》でしかなかったのです」

――特殊任務部隊の看守は暴力をふるわなかったのですね。では、焼却棟のＳＳはどうだったのでしょう？

「ＳＳは焼却棟にはそういませんでした。普通、各焼却棟に配備されたＳＳは二人で、ひとりが昼、もうひとりが夜でした。一群の列車が到着するときは増えましたが、決まっていたのは二人だけです。ほとんどの時間、自分たちの小部屋にいて、出るのは列車が到着したときと、ときどき見張りに出るだけでした。でも、基本的に管理は看守が任されていたので、ＳＳは来る必要がなかった。すべてが三日で終わらないと、私たちの仕事ぶりが悪いことになったのですが、普通はその前に看守が調整しました。特殊任務部隊は特別でした。ＳＳは全体的に私たちをそっとしておいてくれました。私たちを責めることはなかった。彼らから見て私たちの仕事はあまりに重要でしたから、私たちの気をそぐようなことはしなかったのです。もちろん、全焼却棟の責任者だったモルは別です。この《死の天使》は最悪中の最悪でした。モルが焼却棟に来たとたん、この世の終わり、何をしても咎《とが》められるので、ドイツ人の警備でさえ怖がっていました。とにかく粗《あら》を見つけて怒鳴るわ、わめくわ罰するわ。もうひとりそんな奴がいましたね。私の焼却棟の警備のひとりでしたが、本当に粗雑な男でした。非常に大柄で、顔も大きかったのですが、名前は思い出せません。ダヴィッド・オレールの描いたＳＳのひとりに似ています。この男は自分で犠牲者を殺しては喜んでいました。

　実際、犠牲者を一発で殺すことなんか、ドイツ人には何ともなかった。いや、ひとりのＳＳだけは別でした。そういえば彼はドイツ人ではなくオランダ人で、私はいつも他のＳＳより人間的だと思っていました。一度、彼に話しかけたら、彼は自分の意

《収容所でもっとも残忍なＳＳのひとり、ゲオルゲの顔》
ダヴィッド・オレール　1947年
紙に水墨と淡彩
個人の収集品

思でSSに入ったと話してくれました。ドイツ人は厳格で有能だと信じていたからだそうです。本当のことがわかったときは、もう遅すぎたのですね。否応なく残って、何も言わないでいるしかなかった。じゃないと、ソ連の前線に送られるか、即抹殺です。でも彼は、できるだけ人々を殺すはめにならないようにしていました。そういう状況になったときは、他のSSを呼ぶようにしていました。他のドイツ人に本心を悟られないよう、みんなと同じ冷酷なふりをして、口でもそう言っていましたね。だから、しょっちゅう叩いている印象を与えるため、犠牲者に痛い思いをさせない方法を考えていました。中央に裂け目を入れた竹の棒を使っていたんです。叩かれてもちっとも痛くないのですが、両端がぶつかる音がすごくて、鞭で強打している印象を与えました。こんなことをするSSは、私の知るかぎり彼しかいなかった。他はみんな危険な動物で、人間性のかけらもなかった。人を殺すときも平然としていました。人々が到着するや、その場を混乱に陥れて恐怖をあおり、途方に暮れさせていました。家族は引き裂かれ、子供は叩かれて恐怖におびえ、どうしていいかまったくわからず、列に入るしかなかったんです。こうして彼らは私たちを思い通りに動かしたんです。

そのオランダ人はもっと人間的で、会話さえしました。私が煙突部屋にひとりでいたとき、偶然、彼が入ってきました。私は残された衣類のなかで見つけた、とてもきれいなホーナー社製のハーモニカを持っていました。子供のとき一個持っていたことがあって、これなら吹けると思ったのですね。ときどき私は、休憩を取るときで、私が抜けても仕事が続けられそうだと、この四角い小部屋に上り、ハーモニカを出してくつろぐか、ふっと窓枠にもたれて外気を吸っていました。この部屋は私の避難所のようなものでした。小さくて、窓が一つと、真ん中をレンガ製の大きくて四角い煙突のダクトが横切っていた。ある日、私がそこにいて、静かにハーモニカを吹いていると、突然、戸が開いてこのオランダ人SSがいたんです。はっとして帽子を脱いで立ち上がると、彼は部屋に入ってきて、遠慮するなという仕草で言いました。「シュピール！　吹け！」私は一瞬ためらいましたが、彼が言い張るので、まずは頭に浮かんだ一曲を吹きました。それがとても気に入られ、彼も吹いてみたいと言いました。私は音符が読めないので、耳でしか吹けないと言ったら、彼は自分で吹いてみるから楽器を渡せと合図しました。いちばん驚いたのは、彼がハーモニカを取って、普通は誰でもきれいに拭いてから吹くのに、そのまま口を当てたことでした。吹こうとしたのですが、すうすうという音しか出ません。彼は悔しがって私に返し、私たちは会話を始めました」

——彼は特殊任務部隊内部での選別に当たったことはなかったのですか？

「ええ、彼はただの警備でした。それに、私たちが特殊任務部隊に入ったとき、私たちのグループは選別などまったく受けず、逆に、焼却棟で仕事をする者の数は増えるいっぽうでした。選別のことを話していたのは古い隊員でした。収容所の他の部門とは違っていました。私たちのところでは、ドイツ人が看守のところに行って、《移送》するのは何人かと言いました。みんな《移送》は《抹殺》の意味だと知っていた。誰を送るか決めるのは看守で、普通は最後に来た者にしていました。ここで言っておきたいのは、ポーランド系ユダヤ人はお互い助け合う傾向にあったのですが、私たち地中海系は一般にやや不安定な立場にいたことです。そのために私は自分の看守、レムケの信頼を得ようとしたのです。

私たちはいつも、選別が行われたら終わりだと覚悟を決めていました。たとえば、シャワーのためにサウナへ送られるときです。これは消毒のためということでもなかった。というのも特殊任務部隊では、シラミの感染を防ぐためにかなり定期的に服を替えることができたからです。でも、彼らの目的は、私たちをこういった小集団での「外出」に慣れさせることでした。そうしておけば、私たちを消したいと思った場合、サウナへ連れていくと言ったほうが楽でしたからね」

——実際にサウナへ行ったとき、もしこれが最後だったらと考えたことはありませんでしたか？

「いいえ、考えることは何もありませんでした。逆に、私たちにとっては解放でもあったから。なかには、自分で死んだほうがよかったのではないかと、私に聞く人もいます。まあ、どちらも同じなのはたしかです。でも、私は考えなかった、日々、何も考えずに前へ行くしかなかった。どんなに恐ろしい生活でも続けるしかなかった。私の知るかぎり、特殊任務部隊で自殺した者は誰もいません。何人かは何がなんでも生きると言っていました。私は、死んだほうがよかったと考えたほうです。でも、そのたびに母の言った言葉が頭によみがえりました。「息をしているかぎり、人生があるのよ」私たちはあまりにも死の近くにいたのですが、それでも一日一日、前へ進んでいました。そうですね、これらすべてに耐えるには特別な力、精神的、肉体的な力が必要だったと思います。

そういうわけで本当にいろいろとあったのですが、特殊任務部隊にひとり、とても痩せて病気に違いないと思われる男がいました。みんなそっとしておいたので、ポーランドのインテリで、一目置かれていた人だと思います。レムケは彼を守り、警備も何も言いませんでした。彼が働いているのを見たことがなかった。点呼にも降りてこなくてよかった。それもモルが来て、全員降りてくるよう要求した日まででした。でも、これには長い話があって、最初から話さないといけませんね……。

私が特殊任務部隊についてすぐの頃でした。収容所の囚人は線路を延長する仕事をまだしていました。ランプの先端、つまり焼却棟に近いところにいたのがロードス島のユダヤ人で、私たちと同じラディノ語を話しました。彼らは、ギリシャ人が焼却棟で働いていることや、私たちが何一つ不自由していないことを噂で聞いていました。ドイツ人は歌いながら仕事をするのを許していたので、彼らは歌を創作して、ラディノ語で私たちに食べ物や服を送ってくれるよう頼みました。私たちはしばらく迷ったものの、結局、丸パンをシャツでくるんで小さな包みを作り、窓から彼らに投げました。最初の包みは無事に届き、向こうで囚人を見張っていたドイツ人の警備員もそのまま取らせておきました。ところが、二回目に投げたちょうどそのとき、モルのオートバイがあらわれた。彼はかっかしてバイクから降り、包みを投げた者は誰だと言いました。すぐその場では時間がなかったので、翌日また来て処罰すると言い残して去りました。

実際、彼は翌日の朝に来ました。すぐに焼却棟の前に集合するよう命じられたのですが、点呼に二人欠けていました。私の言う「インテリ」と……私です。たまたまその日の朝、私は建物の外で、ちょっと離れた隅にいました。骨を砕きに行くところです。みんなから離れてひとり物思いにふけり、看守の号令が聞こえなかった。そんな私を看守が見つけ、急ぐように言いました。私は《死の天使》の怒鳴り声を耳にするやいなや、走りだしました。何をされるかと思っただけで恐怖に震えました。バンカーIIで、彼が私の目の前で殺した男のことを考えまいとしても考えます。私は口に噛みタバコを入れ、ベレー帽をかぶっていました。帽子はドイツ人の前では脱がなければならない。私は走り、点呼場で並ぶのに向きを変えた瞬間に、やっとモルが目に入った。タバコの先は吐きだしたのですが、帽子をうっかり忘れてしまった。もちろん、モルは怒鳴りだしました。それから、私に一発くらわせながら足をからめたので、私は倒れてしまった。すぐに起き上がらなければもっとひどい仕打ちを受けます。彼は私に二発目をくらわせ、私はまた倒れて、また起き上がった。それから私は列に戻るように言われました。下手をすると彼に背中を撃たれるところだったと確信しています。飛んだのか、走ったのか、とにかく私は記録的な時間で列についていました。

標的になるのは包みを投げた者でした。もし誰も何も言わなかったら、集団で罰を受けることになり、もっと辛くなることは全員がわかっていました。投げた男は二十五発の鞭打ちの刑を受けました。ドイツ式サディスティックなやり方で、収容者のひとりが仲間の背中に鞭をくらわす役を命じられました。ドイツ人は鞭がちゃんと強く打たれたかを確認し、もしそうでない場合は二人とも罰せられました。私は運がよかったとしか言いようがありません。二発くらっただけで、そうひどい目にあわずにすんだのですから。

それで、その「インテリ」ですが、看守が説明したにもかかわらず、降りてこさせられました。私はそれまで彼をまともに見たことがなかったのですが、青白く、痩せて、まるで病人でした。私が見たところ、四十五歳は越えていたでしょう。降りてくる前に、服の下に毛布を巻いて隠し、痩せすぎが目立たないようにしていました。待たされて激怒したモルは、彼を鞭で打つよう命じます。その役にひとりのロシア人を指名し、どんな力で打つべきかを示しました。最初は毛布のおかげでしょう、彼はそれほど苦しみませんでした。でも、そこでせめて痛いふりをすればいいのに、彼はしなかった。モルはこういう場数だけは踏んでいましたからね、何の反応もないのがおかしいと思った。簡単にだませる相手じゃなかった。彼にズボンを下げるように命じ、毛布を見つけると怒りが倍増、哀れな男をこれでもかとぶって徹底的に痛めつけました」

――特殊任務部隊の仲間で脱走を試みた人はいましたか？

「私の知っている範囲では、特殊任務部隊にいるあいだに一回だけありました。特殊任務部隊以外ではもっとあったという話で、何人かは救助されています。でも、助けられて話したことを誰も信じなかった。ときの複数の政府、チャーチルも他の指導者も、ユダヤ人には何も手を打たず、ただ戦争に勝ちたいと思っていたんです。もしユダヤ人を救おうと思ったら、もっと早くできたはずです。いずれにしろ、私の焼却棟で脱走を試みた男たちについては、計画的なものではなかったですね。機会があったときに一か八かでやった。

それは二人のギリシャ人で、ユーゴ・ヴェネツィア（前に話したバルーフの息子です）とアレックス・エッレーラでした。この話をするのは初めてです。エッレーラ、ギリシャ人はアレコスと呼んでいましたが、彼は本当の英雄でした。強制収容される前はギリシャ海軍の艦長で、私たちのあいだで非常に尊敬されていました。ある日、二人はドイツ人に命じられて、遺灰を回収に来たトラックと一緒に行ってソワ川に捨てるように言われました。地面にシートを敷いて遺灰を川にまき、最後はスコップですくって跡形もないようにしなければならない仕事です。

その日、警報が鳴るのを聞いて、私は何かあったと察しました。収容所のサイレンには普通、いくつか種類があったのですが、連続して鳴っていたのは深刻な事態を意味していました。ドイツ人にとって特殊任務部隊のメンバーに脱走されると一大事で、ガス室の中を見た男を脱走させては絶対にならなかった。即座に焼却棟の周囲に警備員が増やされ、全収容所で繰り返し点呼が行われました。いくつかの収容所では、点呼が一晩じゅう続いたそうですが、私のところは違いました。私たちの仕事があまり長く中断されるのを嫌がったのですね。

事のいきさつは、ユーゴ・ヴェネツィアが帰ってきてわかりました。彼の話によると、二人についていったSSは、トラックの前の運転手の横に乗り、後ろは二人だけで遺灰と一緒だったそうです。川に着く前に、エッレーラが計画を練り、それをユーゴに話した。まず、エッレーラがドアを開けにくるSSを殴り殺すから、そのあいだにユーゴは運転手に襲いかかって川に捨てる。トラックが止まったので、二人はSSが来て降りろと言うのを待ち、彼がドアを開けているあいだにエッレーラはスコップで頭を強打して殴り殺しました。その音を聞いて、新聞を読んでいた運転手がバックミラーを見て、拳銃を持ってトラックから出てきた。ユーゴ・ヴェネツィアは、運転手から拳銃を突きつけられて恐怖のあまり縮み上がり、固まって何もできなかったそうです。彼はまだ十八歳そこそこの若者でしたからね、エッレーラほど経験もなかったし、力も性格もそれほどじゃなかった。エッレーラは咄嗟《とっさ》に川に飛び込み、向こう岸に向かって泳ぎだしました。運転手は彼を目がけて撃ったものの、規定の拳銃じゃとても届かなかった。そこで、地面に伸びていたSSから銃を奪い取り、有名な「ダムダム弾」を詰めてまた撃った。殺傷力が非常に高く、内臓を破裂させて最大のダメージを与えるというやつです。エッレーラはお尻を撃たれたのですが、対岸に向かって泳ぎ続けました。警告が発せられ、その場で追跡隊が組織され、その夜中と翌日も続きました。でも、エッレーラの傷は相当深かったんでしょう、出血多量で脱走途中で息絶え、発見された遺体は焼却棟IIに運ばれました。その間、ユーゴは運転手に連れられて戻り、私たちにいきさつを話したというわけです。翌日にはすぐドイツ人がユーゴを探しに来て、以降、誰も彼を見た者はいません。エッレーラについては、解剖をするために遺体を持ってきたようです。解体されて見る影もなくなった身体は、焼却棟の中庭の机の上に置いておかれました。私たちは強制的にその机の前を通らされ、かつての同僚の見るも無残な顔を見させられました。ドイツ人はやたらにいらいらしていて、目をそらす者は誰でも棒でぶん殴りました。それから、私たちは彼を焼却炉まで運び、焼く前に最後の祈りを唱えました。この話は誰も話していません。というのも、ビルケナウのギリシャ人については誰も本当に研究しなかったからです」

第4章

特殊任務部隊——ガス室

焼却棟で働くようになってから、私たちはドイツ人の指示で内部で眠るようになりました。寝る場所は、焼却炉の上の屋根下に整備されていました。まあ、いわゆる屋根裏だったのですが、屋根がけっこう高く、ベッドまで真っすぐ立っていられました。他の収容所では、囚人は汚い寝台に五人もぎゅうぎゅう詰めだったそうですが、ここではひとりに一つベッドがありました。ベッドは二列になっていて、そのあいだにずらっと棚がありました。その棚には二百近くの、まったく同じ形の骨壺が並んでいました。中に何が入っているのだろうと思った私は、一個を取って開けました。すると細かい灰色の遺灰が詰まっていて、上に番号のついた小さなメダルが乗っていました。囚人の登録番号だったのでしょう。あとで、囚人の家族のためにドイツ人が保管していたのを知りました。ええ、もちろんユダヤ人ではなく、飢えや病気などで収容所で死んだキリスト教徒のものでした。ドイツ人は囚人の家族に本人が病気で死んだことと、二百マルク払えば遺灰を回収できると通告していました。骨壺の遺灰は何人かの灰が混ざり、本人の痕跡さえないのはたしかでした。

——特殊任務部隊で一緒だった他の仲間を覚えていますか。たとえば、フランス系

ユダヤ人は見ませんでしたか？

「何人かは覚えていますが、一緒にいたのはとくにギリシャ人でしたから。でも、特殊任務部隊の大半はポーランド人でした。なかには東ヨーロッパの他の国の人もいましたが、全員がイディッシュ語を喋れて、私たちギリシャ人だけが仲間でラディノ語を話していました。

フランス人は見たことがありませんでした。じゃないと少しは話していますよ。収容所の絵で有名なダヴィッド・オレールもフランスから強制収容されたとは知りませんでした。私にとってはイディッシュ語を話すポーランド人だった。彼がフランス語を話すのは聞いたことがなかった。でもいずれにしろ、何度も言いますが、仲間うちではそんなに話さなかったのです。ほとんどいつも、他の人の名前さえ知らなかった。もし何か用があったときは、ただ「ドゥー！　きみ！」と言えばすみました。私はまだドイツ語を少し話しましたが、ギリシャ人のなかにはイディッシュ語を話せず、ドイツ語の単語も知らない者がいました。普通は手や足で合図して行動していました。それでできますからね」

――なかに非ユダヤ人はいましたか？

「いいえ、特殊任務部隊で働いていた男は全員ユダヤ人でした。唯一の例外は、私の知るかぎりですが、ソ連の捕虜が何人か送られてきたことです。でも、彼らは仕事をせず、いずれにしろ、働いているのを見たことがなかった。せいぜい犠牲者の服から回収できるものを回収しているだけでした。焼却棟IIには非ユダヤ人のドイツの囚人もひとりいました。カールという名前で、政治犯ではなく普通犯の囚人でした。ドイツのスパイとして送り込まれてきたことはみんな確信していました。いつもすまして、反吐が出そうなことばかりしていたので、仲間はできるだけ避けるようにしていました。彼のことは特殊任務部隊の反乱のときにまた話すことになります。

先ほど話したロシア人ですが、彼らは最初アウシュヴィッツIに収容されていました。でも、全体の人数が増えすぎて、何かあると脱走を企てた。そこでドイツ人は彼らを離し、収容所のいくつかの区画に分けることにしたのです。私の収容所に来たのは六人か八人で、みんな軍人でした。私がとくに覚えているのはなかの二人で、ひとりはミーシャ、もうひとりはイヴァンという名前でした。記憶が正しければ、もうひとりサシャという名前の者もいました。イヴァンはいちばん若くて、子供のような丸顔をしていました。身ぶりで会話してわかったのは、前線でパラシュートで降下しようとして捕虜になったということでした。

焼却棟で彼らが働いているのを見たことは一度もありません。看守は何も頼まず好きにさせていました。ユダヤ人と違って働きにきたわけではないからです。ロシア人とポーランド人のあいだには根強い憎しみがあり、ポーランド系ユダヤ人に対してはなおさらでした。でも、私たちギリシャ系ユダヤ人には何もなかった。彼らはただただウォッカを飲み、ソーセージを食べ、タバコを吸っているだけでした。ある日、私はロシア人のひとりに宴会に誘われました。「おいギリシャ人！　ここへ来い！」私はどうしようか迷いました。なぜ誘われるのかわからず、きっと馬鹿にされると思ったからです。ロシア人は誰でも馬鹿にしていましたからね。近づくと、ウォッカのグラスを差し出されました。私はウォッカを飲むのは初めてで、一口飲んだら、一気に飲むよう強制されました。危うく息が詰まるところでした。ひとりのロシア人が私にパンの切れ端をくれ、くわえて強く息を吸うよう言いました。こうして喉が焼けるような感覚は過ぎました。

彼らはウォッカでも食糧でもほしいだけ簡単に手に入れていました。強制収容の集団が到着して服を脱ぎ終わると、服で包みを作る囚人たち（私たちが焼却棟で最初の日にしたような仕事）に加わりました。でも、実際はカナダ棟に送る包みを作るのではなく、目的はただ一つ、服の中に隠された貴重品をあさって見つけることでした。全員でそんなことをして、食べ物しか探さない者もいれば、貴重品だけの者もいました。それでけっこうな数を回収でき、それほど腹も減らなかった。私たちも着古した服を取り替えたりしました。着古したのはカナダ棟へ送られる服の山に捨て、犠牲者が残した山の中からこっそり取るだけでよかったんです。捕まらないよう注意する必要はありましたが、普通は簡単にできました。ロシア人たちはそういうことしかしていなかった。それに、こういう物と交換して、ウォッカや食糧を収容所の外から調達する手段も持っていました。ウォッカなどは、オシフィエンチム〔アウシュヴィッツのあったポーランドの町〕のポーランドの現場監督のおかげで収容所に入ってきました。彼らは危険を承知でやったのですが、交換で大儲けをしていました。たとえば、古い新聞が金の指輪と交換されていたんですよ。普通、こういう危険な交換は何人もの手を経て、スープをもらいに行くときにこっそり行われました。看守はスープをもらうのに四人（二人で十分なのに）送りました。特殊任務部隊の男が他の囚人、つまり外部の人間と接触できる唯一のときでした。それでも、接触はそう簡単ではなかった。ドイツ人はそうさせないように、まず最初に特殊任務部隊の人間を通したからです。そうなると、私たちは待つ必要がなかった。でもそれにもかかわらず、ロシア人は外部との接触に成功したんですね」

——ということは、特殊任務部隊と他の囚人とのあいだでともかくも交流はあったのですね？

「はい、看守に指名されてスープをもらいに行った者が接触網を作るに至りました。

さらに、そうやって反乱の一部を企てることができたのです。女性の収容所は別物でした。そのためにはドイツ人の警備を買収しなければならず、そうして女性の収容所に連れて行ってもらい、目をつぶってもらった。レムケはよく、人からもらった宝石と交換して小さな宴会を開き、ドイツ人の警備を招いて、何かのときにうまく取りはからってもらうようにしていました。でも、女性の収容所へ行くのは反乱を企てるためだけではなかったのは明らかです。そう多くなかったかもしれませんが、婚約者に会いに行った者もいると思います。そして中に入ってから、女性たちと何かしたかどうか、それは知りません。私はそこにいなかったので、言える立場じゃない」

——あなたの考えではどうですか？

「ええ、何人かはしたと思います。私は、正直に言ってできなかったでしょう。どうしてそんな欲望が持てたのかさえわからない。解放後、特殊任務部隊では死体と……という信じられない噂を耳にしました。でもそれは嘘でしかない。特殊任務部隊の人間を困らせ、信用を失墜させようとする人たちの汚い噂でしかない。私はそんなことは、あそこにいた八か月間、聞いたことがなかった。

その話で思い出すのは、ある日、男たちが、ガス室から出てきた遺体のなかに信じられないほど美しい女性の身体を一つ見つけたことです。古代彫刻のような完ぺきな美しさでした。それを焼却炉に入れなければならない男たちは、これほど純粋な姿形を消してしまう決心がつかない。その身体をできるだけ長くそばに置き、それから、どうしてもやはり最後には焼かざるをえなかった。私がこの目で「見た」のはそのケースだけだと思います。それ以外はすべてが機械的に行われ、いっさい何も関係なし。脱衣室でさえ何も気にしなかった。同情することも許されていなかったのです。

とはいっても、動揺して心を痛めたこともありました。焼却棟の中庭に隠れようとして来た女性と息子に会った日もそうです……。二人はウッチ〔ワルシャワ南西にあるポーランド第二の都市〕から到着した一群の編成列車の一員でした。そうですね、私たちの焼却棟には全部で千七百人の人が送られてきたはずです。すべてがいつも通り進行していました。人々がガス室に入り、ドイツ人がガスを注入し、それから私たちのおぞましい仕事が始まりました。いつも通り昼間じゅう働き、それから夜の班と交替しました。翌日の朝の八時か九時頃、仲間のひとりがびっくりして、十二歳ぐらいの男の子を連れた女性が焼却棟の中庭にいたと、私たちに言いにきました。二人がどうしてそこにいたのか誰もわからなかったのですが、注意してよく見ると、前の晩にガス室へ送られた仲間の一員であるのは明らかなようでした。私たちは驚いて顔を見合わせました。それから私が女性のほうに行って、いきさつを探ろうとしました。彼女はフェンスを乗り越えたのか、それとも木の幹と有刺鉄線の囲みのあいだをくぐってきたのか、私にはわかりません。乗り越えてきたとしても、すべて閉まっていたので、どうしてできたのかもよくわからない。動かない事実は、彼女が息子と隠れていたということです。夏で背が高くなった雑草のおかげで警備の目から隠れることができた。でも、目の前に有刺鉄線があって、逃げる手立てがない。出口がないとわかったとき、母親は焼却棟のほうに向かった、そうすれば助かると思ったのでしょう。彼女は泣きっぱなしで、ゲットーで長いあいだドイツ兵のお針子として働いてきた、これからもお役に立てると、何度も言いました。

ドイツ人の警備が揉め事が起きているのに気づき、何事かと中庭に出てきました。ドイツ人は女性は彼を見ると泣きついて頼み、私たちに言ったことを繰り返します。ドイツ人は彼女を落ち着かせるために言いました。「あなたの言う通りです、マダム、何ができるか行ってみましょう、ついてきなさい」でも、みんなわかっていた、ドイツ人は部屋に入ったとたん二人を殺したのです。まず消毒のために服を脱ぎなさいと、ドイツ人が言ったかどうかは覚えていませんが、そう時間を無駄にせずに、二人とも首に銃を撃たれて殺されました。そのあとで、ドイツ人はこういう「事件」が二度と起こらないよう、フェンスと有刺鉄線のあいだの背の高い雑草を刈らせました」

――ポーランド最後のゲットーから来たこの女性は、どこへ送られるのか自分で知

っていたと思いますか？

「私には彼女がどこまで正確に知っていたかわかりませんが、ゲットーを通って強制収容された人たちは、他の人たちより多くを知っていました。何年ものゲットーでの生活で疲れ果て、精神的にも限界で、間違った幻想など抱いていなかった。到着したときも、言われるまま《消毒》に連れていかれ、わけもわからないまま、何が起きているのかわかろうともしていなかった。

たしかなのは、ゲットーから来た人たちと他の人たちのあいだにはっきりとした違いがあったことです。たとえば、オランダやハンガリーから来た人たちは、まだ貴重品をいくつか持っていて、力も残っていました。でも、ゲットーから強制収容された人たちはシラミ以外何も持っていなかった。私たちから見ると、生きる意欲さえ失っている人がほとんどでした。まだ体力があって希望を抱いている人は少数でした。こういうふうに諦めきった人たちを見て、私は、私たちも何かできたのではないかとよく思いました。命令に従わずに拒むとか。でも他に方法がなかった。従わない者は誰よりも早く首を撃たれて殺された。それが決まりでした」

——特殊任務部隊に入るのを拒んだ人を見たことはありますか？

「はい。ある日、ハンガリー系の若いユダヤ教徒が三人、特殊任務部隊に合流するために別にされました。みんな敬虔なユダヤ教徒らしく、カフタン〔丈の長い服〕と帽子ともみあげを巻き毛にしたままでした。でも三人はドイツ人の命令に従うのを拒んだのです。部隊には入ってこなかった。でも私にはわかっています。服を脱がされ、階段を三段上らされて、やはり拳銃の一発で処刑されたのです。そうやって彼らは死んでしまいました。代わりはすぐに見つかったと思います。選択には事欠かなかった」

――仲間に敬虔な信者はいましたか？

「毎日祈っている人は何人かいましたね。ええ、収容所では不可能ですし、危険すぎることでしたが、特殊任務部隊ではそれほど危険ではなかった。ドイツ人は私たちが寝るところまでは絶対に来なかったからです。祈禱書も簡単に入手できました。そういう人たちは暗記しているので必要なかったんですけどね。

私は、真面目でも信者でもなかった。ただ十戒を守るようにしていただけです。ビルケナウでは宗教のことは何も考えませんでした。信者ではなかったので、神など問題外だった。でも彼らは、私にはちっとも理解できませんが、「アドナイ、主よ、主よ……」と言い続けていました。何を考えていたんでしょう？　アドナイが救ってくれるとでも？　そんなことはありえない！　みんな生きたまま死の境界線を通ろうとしていたんですよ」

――収容者のあいだには連帯感があったとよく言われます。実際はどうでしたか？

「連帯感が生まれるのは、物が十分にあるときだけです。別の言い方をすると、生き延びるには利己的にならなければならない。焼却棟では自分が生き延びるには十分だったので、連帯する余裕はありました。といっても、仲間を助けるとか、疲れている仲間の代わりをするということではありません。十分な食べ物にありつくということです。食べ物が十分にないと連帯は不可能になります。自分が生き延びるために誰から取らなければならないとなると、取る人は多い。その点、私たちは食べ物が十分だったので、多少危険がともなっても、なんとか他人に回そうとする余裕がありました。たとえば平日は、特殊任務部隊のスープをもらいに行く仲間が、途中で鉄道の延長工事をしている囚人によくスープを置いてきました。スープのいっぱい入った鍋をそこに置いて、代わりに空の鍋を持ってきたのです。私たちは不自由していなかった。特殊任務部隊にいる者は全員、十分な量のパンや缶詰を持っていました。スーツケースを持たず、ポケットに大したものがなくて焼却棟に来ても、いつの間にか物が集まって、取り分けておくほどになる人がたくさんいました。他ではこれはできなかった。連帯は贅沢なことで、それができるのはわずかでしたね」

――収容所の他の囚人は特殊任務部隊の人間をどう見ていたのでしょう？

「私は他の囚人と接したことが一度もなかったので、よくは知りません。スープをもらいに行ったことも一度もなく、女性の収容所にも行ったことがなかった。自分たちが収容所にいたときは、そんなことは考えたこともなかった。ただあとになって、私たちが食糧で恵まれていることに嫉妬している人もいるというのを知りました。他の人たちは、私たちにも焼却棟で行われていることの責任の一部があると考えていました。でも、それは完全に間違いです。殺したのはドイツ人だけです。協力は普通自分から進んでするものですが、私たちは強制されたのです。これはぜひ書いてほしい。私たちには選択肢がなかった。言うことを聞かない者はその場で首に一発やられて殺されました。ドイツ人にとっては大したことじゃなかった。十人ぐらい平気で、五十人ということもありました。私たちは生き延びて、食事にありつかなければならなかった……、どこにも出口がなかったんです。みんなそうだった。それに頭が働かず、何が起きているかなど考えられなかった……みんなロボットになっていた。

いまになってこんなことをよく考えます。もしあのとき自分が殺すように強要されたらどうしただろう？　何をしただろう？　わかりません。拒否したら即座に殺されるのがわかっていて、果たして拒否しただろうかと」

——いまのようなことは、収容所にいるときは考えなかったのですか？

「ええ、収容所にいるときは考えたこともありませんでした。あそこでは、こういうことを考えることもできなかった。こういう疑問に取りつかれるようになったのは、解放後にすぎません。私たちは否応なく高齢者が服を脱ぐ手助けをしましたが、もし殺せと言われたらどうしたでしょう？　ドイツ人は私たちを卑しめるために悪どいことは何でもしました。たとえば、面白がって、ひとりの父親に息子を鞭でぶつよう命じました。父親が断ると、今度は逆。息子に父をぶつよう命じます。父は息子に命令に従うように言ったのですが、二人とも拒否すると、それぞれ死ぬまで鞭で打たれることがありました。物事すべてこういう具合で、サディスティックでした。こういう状況を避けるためには運に頼るしかなかった。どうしても避けられないとなると、決定は恐ろしいもので、自分でどうすることもできなかった。

慣れるより他に方法がなかったんです。それも非常に早く。最初の頃、私は自分の手で触った死体のことを考えて、パンを呑み込むことができませんでした。でもどうしたらいいんですか？　とにかくちゃんと食べなくちゃいけない……。一、二週間すると、結局慣れてしまいました。すべてに慣れました。むかつくような悪臭にも慣れましたね。ある瞬間を過ぎると、何も感じなくなりました。回転する車輪に組み込まれてしまった。でも、何一つ理解していない。だって、何も考えていないんですから！　最初の十日か二十日ぐらい、罪の大きさに絶えず打ちのめされていましたが、それから思考が止まってしまった。最初の日は、夜に目を閉じることもできませんでした。この恐ろしい状況、どうして言われるままここにいるのかと考えていました。いまもなお、こういう問題が頭から離れません。

兄は私と正反対で、学校で証言しようとはしませんでした。私によく言います。「もうわかったら？　ぼく自身は、あれは悪夢にすぎなかった、あんなことはありえないと考えるようになっている。だからもう他のことを想像しろよ！」私は、まさにだからこそ、想像できないことだからこそ、話せる者は話さなければならないと思っています。特殊任務部隊にいた私たちは、おそらく日々生き延びることのできるいい条件のなかにいました。それほど寒くなく、食べ物も多く、暴力も少なかった。でも、この目で見たのは最悪の世界で、私たちは一日じゅう、地獄の中心にいたのです」

――もし、収容所の他の人と代わってもいいとなったら、どうしましたか？

「その場ですぐに代わります！　食べ物が十分にないかもしれないとも考えなかったでしょう。一秒たりともためらわない、じわじわと死ぬ苦しみを味わってもいい、すぐにそうしたでしょう。とはいえ私は、空腹がどんなものか、そしてそれがどんなに辛いかは身にしみて知っているんですよ。でもかまわない。そのあとの《死の行進》のときも、それから避難していった収容所で、他の囚人たちと同じように苦しんでいたときも、焼却棟から離れたことで本当に気が楽になっていました」

――本気で脱走を考えたことは一度もなかったのですか？

「ありません。脱走など、とくに特殊任務部隊の隊員にとっては不可能でした。みんな捕まったし、それに、脱走してどこへ行けたでしょう？　話しませんでしたが、ポーランド人や村人に密告される危険が大きかった。私がビルケナウにいるあいだに脱走を試みたのは、あらかじめ策略をめぐらしていたわけではなく、滅多にない機会があらわれたときに実行した者だけでした。ええ、もちろんエッレーラのことですが、彼も捕まり、殺されました」

――将来について話したり、考えたことはありましたか？

「いいえ。私の頭にあったのはただ、いつか殺される瞬間が来るということだけでした。なかには、いつかは解放されるという希望を持って頑張ったという人もいます。でも私は、この地獄から解放されるだろうとは考えなかった。特殊任務部隊の男は誰もそんな子供じみた希望は持っていなかったと思います。脱け出す方法なんて一つもなかった。あるとしたら奇跡だけ……。でも、誰も奇跡を信じていなかった。みんな、最後が近づいているのを知りつつ、一日一日を続けていた。

そうはいってもたまに、かすかな希望が差しこむこともありました。ヒトラーの暗殺計画を知ったときなどです。その日、ドイツ人は怒り狂っていましたが、私たちにとっては希望の光をぼんやり感じただけでした。あと、家族がまだ生きているとわかったときもそうでした。私が姉を見たと思った日のように……。

その日、私はたまたま焼却棟IIにいました。そこへはときどき、仕事の番でないときなど、ギリシャの友だちに会うために行っていたのです。焼却棟IIは女性収容所に面していました。その日、私が窓に肘をついて自分の考えに浸っていたとき、女性収容所の有刺鉄線の前に姉の人影がこっちを向いていると思った。あとになって思うと、姉だと確認したのか、そう思いたかったのか、わかりません。私は母と二人の妹にはもう会えないという考えは受け入れていました。でも、姉のラッチェルは強制労働に送られたかもしれないという希望は持っていました。姉のことをよく考え、その日も窓から女性収容所を見ながら考えていました。あれは夕方で、太陽が灰色の光になり、ビルケナウ特有の霧でまわりがぼんやりしていたとき、突然その人影が見えたのです。遠すぎてはっきり見分けがつかなかったけれど、姉のように見えた。私は「ラッチェル！」と声をかけました。私の声が反響して、彼女がラディノ語で「そうよ！　誰？」

と答えました。「シュロモだよ！」「まあ、シュロモ！　元気？　声が聞けて嬉しい！」あまり多く話せなかったので、私は彼女に、明日同じ時間に包みを持ってくると言いました。事実、その翌日、同じ時間に同じ人影が近づいてきました。私は食べ物と、収容所で役に立つ物を入れてきた包みを彼女に投げました。その翌日も、私たちは再会することができました。続けて五、六日は会えたのですが、ある夕方、彼女はあらわれず、私は移送されたか、最悪は選別されたと思いました。それからは何の情報もなかった。

結局、姉と再会したのは解放から十二年後で、彼女は夫のアーロンとイスラエルに住んでいました。私はハイファまで会いに行きました。姉の家に向かうタクシーの中で私は泣きました。十二年間、強制収容されてから、私は泣いたことがなかった……一度だけですよ、それも激怒のあまり。でも、姉に再会できた感動で、突然、これまで私のなかに溜まっていた毒が全部出てきたんです。私は喋って泣き続けました。姉は、でも何も言いませんでした。私は自分のなかにあの苦しみ……母や……あそこで見たことをすべてしまっていたのです。それで、少し自分を取り戻したとき、姉に投げた包みの話をしました。姉は私が何を話しているのかわからなかった。ビルケナウの女性収容所にはいなかったと言いました。なんということはない、私はラッチエルだと言った知らない女性のためにあんなに危険をおかしていたのです！　たしかに声が違っているとは思っていたのですが、あそこではみんな普通ではなかったし……それに、見たのは人影だけだったので、はっきりわからなかった。とはいえ、私はあの女性を助けることができて嬉しいです。きっと姉と同じくらい困っていたはずですから」

――特殊任務部隊の隊員で、あなたのまわりでガス室に家族の誰かがいたという人はいましたか？

「はい、そういうことが私にありました……！　反乱が起きる少し前のことでしたから、焼却棟では最後の頃のガス室送りになります。たまたま脱衣室にいたとき、収容所の病院で選別された囚人の集団が来ました。二、三百人はいたはずで、全員がそこにいる理由を知っていました。そこで突然「シュロモ！」と呼ばれたんです。びっくりして、誰が私のことを知っているのだろうとふり返りました。するとまた声がして「シュロモ！　俺がわからないのか？」声をかけた男を見て、私はやっと父の従兄のレオン・ヴェネツィアとわかりました。声が変わっていて、骨と皮だけになっていました。彼は私と同じ列車で強制収容されたのですが、特殊任務部隊には選ばれなかったんですね。運河を開設するところで働いていたと言いました。そこで膝をぶたれたのだそうです。その膝が腫れたので病院に連れていかれた。でも、病院は治療するところではなく、数日で自然に治らないと誰でもガス室送りになる危険があった。不幸にも、それが彼に当てはまってしまった。治療もされない膝はまだ腫れていて、選別のときに選ばれてしまったのです。彼は私に、警備のSSのところへ行って、特殊任務部隊に入れるよう説き伏せてくれと頼みました。私は彼に、そんなことをしても何にもならない。みんな同じ状況なのだからと説明しました。でも、彼はしつこく哀願するので、私はなだめるためもあり、仕方なくドイツ人のところへ行きました。ドイツ人は手をふって「ふん！　関係ない！」と言いました。私はレオンのところへ戻り、考えを変えてもらうために、腹は減っていないかと聞きました。私には彼がずっと大したものを食べていないのがわかっていた。彼はもちろん「うん」と言いました。私は走ってベッドの下のパン切れとイワシの缶詰を取り、まだ間に合うよう急いで戻り……彼に全部あげました。彼は嚙もうともせず、全部を水のように呑み込みました。それほど空腹だったのです。それから彼もガス室に入る番になりました。彼は最後のほうで、ドイツ人が叫びだした。私は彼の腕を取ったのですが、彼は私を質問攻めにして困らせました。「死ぬまでどのくらい時間がかかるんだい？　すごく苦しむのか？」私はどう答えていいかわからず、嘘をついて、そんなに時間はかからないし、苦しくもないと言いました。本当は、空気を求めて十分から十二分過ごすのは非常に長いのですが、落ち着いて安心させるために嘘をついた。ドイツ人が叫び始めたので、私たちは手を握り合い、彼は入っていきました。最後に入ったのが彼で、ドイツ人は彼の後ろで戸を閉めました。仲間が私を支えてその場から離しました。ガス室の戸が開けられたときに、レオンが見えないようにしてくれたのです。あんな彼を見るだけでもかなり辛かった。みんなが彼を焼却炉の前に運んだとき、兄と私を呼んで、身体が焼かれる前に最後の祈りをしました。

もう一つ、どうしても話したいことがあります。いつか学校で証言していたときですが、小さな女の子が私に、ガス室から生きて出た人はいたかと聞きました。彼女の友だちはみんな何もわかっていないと馬鹿にしました。全員が死ぬように研究された死のガス室でどうして生き延びられるのか？　ありえない話です。にもかかわらず、質問と同じくらい信じられないことなのですが、女の子が正しかった。ええ、実際にそういうことがあったのです。

これを見た者は少なく、話せる者も少ないのですが、これは事実です。ある日、いつものように編成列車が到着してからの仕事を始めていると、ガス室から遺体を取り出す仕事をしている男のひとりが奇妙な音を耳にしました。私たちは変な音を聞いてもそう驚きません。というのも、犠牲者の臓器がガスを排出し続けていることもあったからです。でもそのときは音が違うと言うのです。私たちは手を止めて耳をそばだてましたが、誰にも何も聞こえない。でも彼はたしかに声を聞いたと言う。数分後、彼はまた手を止めて、今度はたしかにうめき声を聞いたと言いました。そこで私たちもよく注意すると、本当にそんな音が聞こえました。赤ん坊の泣き声のような音だった。最初、その音は間隔があいていたのですが、短くなって泣き声のようになり、それも新生児の泣き声だとはっきりわかるまでになった。最初に聞いた男が音がどこから来るのか探しました。彼は遺体をまたいで小さな音の出所を見つけました。それは生後二か月になるかならないかの女の子で、母親の胸にしがみついたまま、出ないおっぱいを飲もうとしていました。おっぱいが出ないので泣いていたのですね。彼は赤ん坊を取り上げてガス室の外に出しました。私たちがこの子の面倒を見られないのはわかりきっていました。隠すことも、ドイツ人に受け入れてもらうのも不可能でした。実際、警備が赤ん坊を見るや、赤ん坊が殺せるとわかって不満そうではなかった。彼は一発撃ち、ガス室で奇跡的に生き延びた小さな女の子は死にました。誰ひとり生き延びられなかった。みんな、私たちも含めて死ななければならなかった。時間の問題だけでした。

数年前、ローマでいちばん大きい小児病院の責任者に聞ける機会があったので、私はこのときのことを説明してもらいました。彼によると、乳を吸っている最中の赤ん坊が、母親のおっぱいを吸う力で隔離されるのはありえる話で、それで毒ガスの吸入を制限できたのだろうということでした」

――死を前にした人たちとすれ違ったなかで、他に覚えている人や顔はありますか?

「はい、そうですね。ベルギーからの編成列車で着いた、四十歳ぐらいの男性を覚えています。彼は解剖室にいて、大きな板石に座っていました。その部屋の前を通ったとき戸が半開きで、偶然見たんです。顔の横と首が開いて裂け、血だらけなのが見えました。彼は私を見るとすぐにフランス語で言いました。「死にたいです」「いったいどうしたんですか?」と、私は彼の顔を指差して聞きました。彼は、列車のなかでカミソリの刃で自殺をはかったと説明しました。頸《けい》動脈は見えましたが、いい血管に当たらず、切り方も死ぬほどではなかったのですね。ドイツ人は彼の番が来るまでそこで待たせていたのです。それから間もなくドイツ人は実行したと思います。それからは彼を見なかった」

――焼却棟IIの解剖室について話せますか?

「いいえ。解剖室が焼却棟IIにあったのは本当です。左右対称で同じに建てられた焼却棟IIIにも解剖室はありましたが、本当は金を溶かすのに使われていました。テーブルが一つあり、普通は金を溶かすのが専門の二人のチェコ系ユダヤ人が、犠牲者たちのものだった宝石や金歯からインゴットを作っていました。私がさっきの男性を見たのはこの部屋です。

焼却棟IIの本当の解剖室へは一度も入ったことがありません。その部屋に入る特別な理由がなかったからです。それでも一度、焼却棟IIにいたときに、ロシアの将校の身体が運ばれてきました。解剖にあたったのはメンゲレの助手でハンガリー系ユダヤ人医師のニーシュリ博士でした。解剖には多くのSS将校が立ち会いました。そのなかにメンゲレもいたと思うのですが、私には誰がそうなのかわからなかった。終わると、死体を焼却炉に運ぶのに持ち上げなければならない。哀れな男は全身開かれて、腸が外に出ていました。私たちを驚かすことはもう何もなかったのですが、内臓が地面に広がって、七、八メートルも引きずっていく様は忘れられません。

もう一つ、見慣れないイタリアの編成列車が到着したのも覚えています。あれはイタリア人だと思うのですが、ランプに着いたのを見ただけで、私の焼却棟には送られてきませんでした。でもそれでよかった。イタリア人やギリシャ人が私の焼却棟に送られてきてガス室送りになるのを見るのは堪えがたいですからね。編成列車につきそってきた兵士が、イタリア軍の制服のようなトルコ帽とボンボンと銃を持っていたので、イタリア人だと推測したんです。列車が到着しても、ドイツ人はすぐに戸を開けなかった。強制収容された人たちは列車に残り、そのあいだにドイツ人はイタリアの兵士を集め、二十人から二十五人を二列にさせて、ラーガーシュトラーセを通らせました。その後、彼らに何があったか私は知りませんが、処刑されたのでなければ、捕虜と一緒にされたと思います。以降、彼らのことは何も聞かなかった。兵士たちが行ったあとにやっと、強制収容されたユダヤ人が列車から降ろされ、別の焼却棟のガス室に送られました」

——あなたの焼却棟ではジプシーを見たことがありますか？

「それもありません。ジプシーは私の焼却棟には送られてこなかった。私が思うに、ジプシー収容所が一斉処分されたときに、焼却棟Ⅳに送られてガス殺されたのではないでしょうか。*すべては夜のあいだに行われました。私の焼却棟とジプシー収容所は近かったのに、一斉処分されたとき何も見なかったし、音もしなかった。

それとは別に、私は非ユダヤ人がガス室に送られるのは見たことがありません。ジプシーがガス室に送られたのは知っていますが、この目で見たわけではないですからね。焼却棟で見た非ユダヤ人はロシア人だけで、私たちと一緒に特殊任務部隊にいたのですが、仕事などしていなかった。あと、焼却棟の内部で非ユダヤ人のポーランドの若い女性に一度会ったことがあります。彼女はレジスタントで、列車を爆破したか、しようとしたのか知りませんが、それで逮捕された。殺されずに捕まって、焼却棟に連れてこられたんです。それで、ドイツ人が彼女をどうするか決めるまで煙突部屋に置かれていたんですね。たまたま私がその部屋に入ったら、彼女が窓の近くにいました。私を見るとポーランド語で「ユダヤ人！」と、恐ろしいものでも見たように叫びだしました。ユダヤ人をそれほど好きじゃないことがわかった……。だから私はそれ以上はやめ、ドアを閉めてそっとしておきました。本当は助けてあげたかったのですけどね、彼女に嫌と言われそうだった。そのあとどうなったかは知りませんが、おそらく首に一発撃たれて処刑されたでしょう」

――非ユダヤ系ポーランド人との関係はどうだったのですか？

「ビルケナウでは、検疫棟にいた嫌な看守以外、ポーランド人とはほとんど交流がありませんでした。とはいえ、特殊任務部隊の反乱は収容所内外のポーランド人レジスタンスと協調して準備されたのは知っています。でも私たちが聞いた噂では、外部のレジスタンス運動家は事をできるだけ長びかせ、それを利用して武器を買うためのお金を断続的に要求していたそうです。たしかなのは、反乱の決行を延ばし続けていたということです。私たちにとっては、一日無駄になるたびに何百人という余計な犠牲者を生み、同時に私たちの終わりも近づくということでした。彼らにとっては、一日過ぎることが武器のお金に結びつき、ソ連軍が前進してきて救助される希望が増すことだった。でも、もしソ連軍など待っていたら、反乱は十二月前には起こらなかった。その頃やっと大砲の音が近づき始めたのです」

＊強制収容されたジプシーの第一団がアウシュヴィッツ＝ビルケナウの収容所に着いたのは一九四二年十二月の初め、ジプシーの強制収容を予告するヒムラーの政令が公布される（一九四二年十二月十六日）前だった。翌一九四三年二月からはジプシーというだけで収容所に入れられ、BⅡe棟（ジプシー収容所）に収容された。一九四三年三月二十二日、最初の行動として、千七百人のジプシーがチフスの疑いで殺された。五月には五百人がガス室送りになった。一九四四年の五月から八月にかけて多数のジプシーが第三帝国内に移送された。残った二千八百九十七人は、一九四四年八月二日から三日にかけての夜、ジプシー棟が一斉処分されたときにビルケナウのガス室で抹殺された。

第5章
反乱と焼却棟の解体

反乱計画は、私が収容所に来るずっと前からありました。いろいろな選別があってもこの計画がつぶれなかったのは、レムケやカミンスキといった看守たちのおかげです。収容所に長くいて、反乱を組織する立場にいたんですね。カミンスキは焼却棟の看守長でしたが、反乱の首謀者でもあり、みんなから尊敬される男でした。彼と他の何人かが外部と接触できる体制を作りあげ、反乱組織にたずさわる少人数の集団を調整したのです。接触が行われる場所は、前にも言いましたが、スープをもらいに行くときとか、特殊任務部隊の一部の人間が例外的に入ることができた女性収容所の中でした。任務はお金を託すこと。そのお金も何人もの手を通して外部のレジスタンス運動家に渡りました。この接触体制を作った男のひとりがアルターという名前でした。ポーランド系ユダヤ人で、とても背が高くて気取り屋で、私は一度、彼が友だちにハンチング帽を返さないので殴りあったことがありました。彼がしょっちゅう女性収容所や炊事棟に行く理由がわかったのはあとでした。本当は、収容所の近くの工場で働いていたユダヤ人の受刑者から渡される火薬を回収するためだったのです。*

私は若すぎたのと、入って早々だったので、反乱が準備されているのを知らされていませんでした。情報が入ったのは、他の隊員も全部そうでしたが、いざ決行の瞬間になってから。私は何も気づいていなかった。すべて秘密にしておかなければならなかった。私たちのなかで気の弱い者が、命が助かると思ってドイツ人に密告するのだけは避けなければならなかった。すべてが秘密裏に行われ、看守たちが信頼したのは経験をつんだ者だけでした。何かが準備されているのがはっきりしたのは、決行のわずか二日前でした。でも、誰もはっきり話そうとしなかった。なんとなく雰囲気で、でも確実ではなかったのです。

反乱の決行が予定された前日に（私は金曜日だったと思うのですが、土曜日と言っている人がいるのを知っています）、私たちは一人ひとり看守に呼ばれて決行を知らされました。最大規模の反乱は焼却棟IIで行われる予定でした。毎日、午後六時頃に、警備のSSが焼却棟IIの正門の前を通って夜警用の監視台につきました。自動小銃を肩に、急がず自由に歩いて、仲間でふざけあう声が聞こえることもありました。予定の計画では、彼らがここを通るときに男たちが正門を開き、彼らに襲いかかって殺し、武器を奪う。これが合図になって、他の全焼却棟で決行されるはずでした。

すべてが詳細に計画され、結局、外部のレジスタンス運動家は当てにしないと決められました。というのも、彼らは日にちを決めるのに難色を示したからです。私に言わせると、このとき特殊任務部隊が反乱を決行したのは、ハンガリーからの最後の編成列車がちょうど到着していて、それが終わればガス室送りになる者が誰もいなくなるのがはっきりしていたからです。そうなると今度は私たちの番。一か八かでやるしかなかった。希望通りいかなかったとしても、何もしないでただ死ぬより、行動して殺されたほうがいいことはみんな納得していました。

レムケは私たちに準備するよう言いましたが、「反乱」という言葉は使いませんでした。彼はただ、「さあ、準備するように。我われはこれから、この場所を出るためにあることをしよう」と言いました。

そこで私は、逃亡用の上着とズボンを横に置きました。普通は背中とズボンの横に穴を開け、そこに私たちの番号をつけた縞模様の布を縫いつけるのですが、このときは穴を開けず、縞模様の布を簡単に縫いつけただけです。収容所の外に出たら、布を引きちぎってわからないようにするためでした。私はこの服を石炭置き場に使われている部屋に隠しました。

＊カナダ棟で働いていたロザ・ロボタと、ヴァイクセル・ユニオン会社で働いていたエラ・ゲルトナーは、特殊任務部隊の部員に火薬を渡したとしてナチスにより絞首刑にされた。

――ということは、計画がうまくいく希望があったのですね？

「もちろんそうです、みんなそれを信じていました。私たちの希望は、こんな状態を断ち切るために立ち上がり、何かをして生き延びようというだけではなかった。なかには命を落とすつもりの者がいたのは確実です。でも、死のうが死ぬまいが、重要なことは反乱を起こすことでした。本当にうまくいくかどうかなど誰も考えていなかった、何かすることが重要だったのです！

行動を起こすのは夕方の六時の予定でした。その日は午後二時頃に強制収容の編成列車がランプに着きました。大人数でした。普通は列車が到着して三十分ほどで、列車の警備員と交替して収容所のSSが車両の戸を開け、囚人たちをサウナか焼却棟に連れていきます。ところがそのときは何も動きがなく、誰も来ない。私たちもなぜ列車がそのままそこにいて、誰も何もしないのかわからなかった。あとになって知ったのは、同じ時間に、SSの将校ひとりと将校補佐二人が焼却棟Ⅳに行き、特殊任務部隊の二百人を番号で呼び、降りてくるよう命令していたということです。反乱の準備をしていた男たちは、ドイツ人が気づいて、反乱が勃発する前に処分しようとしていると考えた。だから誰も降りようとしなかった。

私たちはそのときは知るよしもなく、あとでそこから私たちの焼却棟まで逃げて来たアイザック・ヴェネツィア（また私と同じヴェネツィアですが、家族ではありません）から聞いたんですけどね。私は彼に会っていないのですが、兄が本人から直接聞いたと言って話してくれたのです。それによると、焼却棟Ⅳの男たちは誰かに裏切られたと思いこんでマットレスに火をつけた。こうして予定より早く反乱が勃発した。

援軍が来る前に三人のドイツ人を殺す時間はあったようですね。焼却棟に火をつけて逃亡しようとした。でも、ほとんど全員がその場で殺されました。

焼却棟Ⅳから不思議な煙が立ち上るのが私たちの焼却棟から見えました。でも離れすぎていて連絡の取りようがなく、何が起きたのかわからなかった。ひとりのドイツ人が警報を鳴らし、ほどなく私たちは焼却棟の内部に閉じ込められました。状況は焼却棟Ⅱでもほぼ同じで、ただ向こうでは逃げようとする者がたくさんいた。残念ながら、そう遠くへ行けなかったようです。

私はすぐには何が起きたのか知りませんでした。レムケにひとりのロシア人と一緒に地下室に降り、ドイツ人の警備員を待つように言われました。それは計画のなかにあったのですが、レムケは私が何をすればいいのかはっきり言わない。私たちは地下に降りました。ロシア人はタバコに火をつけたと思うと突然、服の下から短刀と斧を出し、私に見せて手ぶりで好きなほうを選べと言いました。私はすぐに事の次第を察知し、斧をつかみました。斧のほうが簡単だと思ったのです。もちろん、そんなことはしたことがなかったです。でも、やらなきゃいけないとしたら、短刀より相手との距離が保てると思ったんです。この斧を手に、怖くて震えながら、ドイツ人が降りてくるのを待つことになりました。この日の警備は人を喜んで殺すような男だった。計画では、私たちの仲間の看守が警備に、地下の水道管が壊れたので見にいってほしいと言うことになっていたのですが、待てど暮らせど降りてこない。それはそうです、焼却棟Ⅳで起きたことを知らされて、私たちに嵌《は》められると疑ったんですね。こうして私たちは、武器を手に二時間以上は待ちました。結局、仲間のひとりが口笛を吹いて降りてきた。口笛は警備と間違えないための合図でした。私たちは計画が流れたことを知らされ、他の仲間と一緒にまた上に行くよう言われました。どこもかしこも大騒ぎで、ドイツ人はすでに中庭を占領していました」

——同じ時間に焼却棟Ⅳで何が起きていたか知っていましたか？

「いいえ、何も。知ったのは翌日になってやっとで、SSが私たちの焼却棟を包囲し、一歩も外へ出られないことがわかってからです。SSは軍服姿で重い自動小銃を持ち、戦争にでも行くようでした。レムケは私たちに動かないようにと言って命を救ってくれました。焼却棟IIでは、逃亡をはかった者は全員殺されました。レムケが頑として命令しなかったら、なかには門を突破しようとした者もいたでしょう。でも、私たちはそこにいました。

私たちの焼却棟のSSで、殺されそうとわかってすぐに逃げた男が、援軍に支援されて戻ってきました。そして、普段自分の自転車の手入れをしているロシア人を呼びつけた。ロシア人は反乱をうまく運ぶために自転車のタイヤをパンクさせていたんです。ドイツ人が司令官に報告するのを遅らせるためでした。それがわかったときSSは怒り狂い、私たちの目の前でロシア人を殴り殺しました。私はとにかくあることでほっとしました。じつは地下から上ってくるときに時間があったので、焼却棟を回って石炭置き場に隠しておいた服を引きあげていたのです。もし見つかって番号の下に穴がないのがわかったら、私が逃亡しようとしていたことがわかりますからね、その場で縫いつけた番号を破りました。

私たちは一晩じゅう不動でいました。ドイツ人は入ってきませんでした。

翌日、焼却棟IIでまだ終わっていない仕事を続行するために、三十人が外へ出るよう言われました。私はこの三十人に加わることにしました、他に生き延びる道は完全に断たれたと思ったからです。兵士は常時焼却棟を包囲していて、自分たちから外へ出ないかぎり、奴らが襲撃してくるのは時間の問題でした。想像と違って、ドイツ人はその場で私たちを殺すことはなかった。私たちは焼却棟IIへ送られました。向こうには逃亡をはからなかった囚人が二、三人まだ生きていて、事の次第を話してくれました。この時点では、逃亡をはかった者が全員捕まって殺されたことはまだ知らなかった。彼らの話によると、最初に話したドイツの普通犯で看守のカールが反乱計画を密告して洩らしたようですね。彼らはその男を殴り、服のまま焼却炉に入れたそうです。いつもやられていましたからね。

それから私たちはガス室に残っていた死体を焼く仕事に取りかかりました。夕方には交替要員が来るはずでした。でも、私たちはそんなことにも気づかず三十六時間ぶっ続けで働いた。結局、休んでいいと言われて上にあがったのですが、このあいだに逃亡した囚人たちの死体が中庭に置かれ、それから焼却炉で焼かれたんですね。でもそれをやらされたのは他の囚人でした。ドイツ人は特殊任務部隊に仲間の死体を焼かせるようなことはしなかった。そんなことをしたら第二の反乱が起きると心配したのです。その後、焼却棟Ⅲを離れるのを拒んだ最後の男たちが焼却棟IIに移送され、私たちに加わりました。

このときから焼却棟Ⅲは使われなくなり、反乱後しばらくして解体が始まりました。焼却棟Ⅳは反乱時に特殊任務部隊の男が爆破させていたので、もう使用できませんでした。それは十月の初めで、機能していたのはIIだけでした。でも、もう以前のペースではなく、編成列車も以前ほど定期的に到着することはありませんでした」

――ということは、これといった報復を受けなかったのですか？

「ええ、でも、いずれやられるはずで、ドイツ人は私たちを必要としているから使っているだけで、遠からずやられると確信していました。まだ生きている者が焼却棟ⅣとⅤに何人いるかはわからなかったのですが、そんなに多くなかったはずです。生きているのは私たちだけと言ってもよかった。

ドイツ人は生存者と死亡者のリストを作り、二人欠けているということになりました。焼却棟の看守長カミンスキを呼び、欠けているのは誰で、どこにいるかを正しました。それはロシア人のイヴァンとドイツ人のカールでした。カミンスキは仕方なくカールのことを説明して、焼かれたと言いました。ドイツ人は信じようとしなかった。そこで、その話が本当なのを証明するために、遺灰をふるいにかけ、カールがいつも上着につけていた金属のボタンを見つけなければなりませんでした。あとで知ったのは、ドイツ人が朝の四時頃にカミンスキを探しに来て連行したことです。彼は二度と見ませんでした。

イヴァンは相変わらずおらず、しかも見つからないので、警報機が鳴りっぱなしでした。結局、二週間後に小さな村で見つかったのですが、生きたまま連れ戻され、焼却棟で殺されました。他のロシア人は全員他へ移送され、焼却棟には私たちだけになって、ドイツ人にしっかり見張られました。焼却棟の内部ではまったく自由がなかった。私たちを監視するのに軍に応援まで頼んだ。兵士が焼却棟の中に入るのは初めてでした。そのなかでひとりのSSが興味津々で中を見たがっているのに気づきました。でも、中に入る権利がないので迷っているのも明白でした。それでも下に降り、すぐに上がってきた。あの感じだと脱衣室より向こうへは行かなかったと思います。死体も見ていない。彼は知りたかったのですが、何も見なかったのです」

――ドイツ人から間近で監視される以外、他の報復はなかったのですか？

「それが数日後、将校ひとりと兵士二人が私たちの焼却棟にやってきました。集合ラッパを吹いて、私たちに五人ずつ焼却炉の部屋に入るように言いました。戸の前で待っているあいだ、私たちは全員殺されると確信しました。中で何が起きているかわからず、誰も出てこない。私は列の後ろのほうにいました。ええ、例によって時間をかせいで事態を把握し、できるだけ心の準備をするためです。不安と絶望で、持っていた最後のタバコを吸いました。先に入る者たちと申し合わせて、もし殺されそうになったら叫んで警告してくれることになりました。その場合は、絶望から行動に出るはずでした。助かる見込みはさらさらなくても、羊のように殺されてはたまらないからでした。

私たちが入る番になると、五人で四つのグループを作って焼却炉の前にいるよう命じられました。二人のSSは目の前の部屋の両隅に立っていました。将校は真ん中にいて命令を下し、私たちに服を脱ぐよう命じました。「ああ、ついにこれで終わりか！」と私は思いました。次に、脱いだ服を丸め、二メートル前に置くよう命じられました。ええ、私たちは不動のまま、裸で汗をかき、何をされるのか待っていたのです。ドイツ人が二人部屋に入ってきて、脱いだ服を全部調べました。次に、私たちがナイフや拳銃のようなものを何も持っていないことが確認されると、再び服を着るように命じられ、また仕事に取りかからなければならなかった」

——編成列車はほとんど到着しなくなったと言っていましたが、では何をしていたのですか？

「十月の終わり頃、焼却棟を解体する命令が来はじめました。焼却棟IIではときどき仕事が続けられていました。いずれにしろ列車が到着することがあったのです。いちばん長く稼動して、最後の死体を焼いたのはこの焼却棟です。でも、とくに多かった仕事は他の焼却棟の解体でした。これは大変な時間がかかりました。ドイツ人に一個ずつ全部取り壊すよう命じられたからです。構造が非常に強固で、長く持つよう設計されていました。ダイナマイトを使ってもいいほどだったのですが、ドイツ人は構造の内部、焼却炉やガス室の戸や他のものを徹底的に解体することを望みました。そしてそれは特殊任務部隊の男がやらなければならなかった。というのも、ガス室の中を見ることができたのは私たちだけだったからです。その代わり、外構造を解体するときは、ビルケナウの女性やアウシュヴィッツIの囚人など、他の囚人が配置されました。

ときどき、私は外構造の解体で外で働いている人の集団にもぐりこみました。それでちょっと息抜きができて、知り合いの消息を探ることもできたのです。ある日、外で警備塔の解体をしている集団のなかにいたとき、錆びた釘が手に刺さってしまった。最初、痛みは我慢できました。でも傷口があっという間に化膿してしまった。痛みが腕全体にのぼり、脇の下のリンパ腺まで腫れて、痛いのなんの。熱が出たのですが、特殊任務部隊の男は他の人のように病院に行くことができない。特殊任務部隊に属しているユダヤ人の医師が私に、膿《うみ》を出すために切開しないといけないと言う。そこで彼はメスを手に、私を椅子に座らせました。三、四人の男が私をしっかり押さえつけました。だって、当然のことですが麻酔なんてなかったですからね。医師が手術の準備をしたとき、焼却棟の中庭から銃撃の音が聞こえてきました。手のあいた者が窓のほうへ行って、アウシュヴィッツからこの焼却棟へ連行されてきたロシア人五、六人を乗せた小型トラックを見ました。殺されると思ったロシア人がトラックから出て兵士に襲いかかったんですね。でも、ドイツ人を前にしたらロシア人は屁でもなく、犬のように虐殺されてしまいました。こう考えたのを覚えています。「ぼくは病気で治療してもらえるけれど、この男たちは健康なのに畜生のように殺された」

医師は続けて私の腕を切開し、私の目から星が飛び散った！　膿がたくさん出ました。包帯などありませんでしたが、犠牲者のいろいろな物のなかからトイレットペーパーが見つかりました。それを包帯にして、傷口の消毒にアルコールの代わりにオーデコロンを少しつけました。おかげで数日で回復しました。まだ十分強かったんですね。もちろん、自分で病人とは言えるはずもなかった。幸い、仕事は以前ほどきつくなかったので、手を使わずにすみ、問題があることも隠せました」

――知り合いの人の消息はつかめましたか？

「はい、焼却棟の解体仕事に来た囚人のなかに、義兄を見つけました。彼はアウシュヴィッツの囚人の集団を統率していました。腕のいい家具職人だったのですが、収容所に長くいたので、それなりに特権を使える立場になっていました。この仕事をしに来ることもなかったのですが、彼もこの建物のなかで起きていたことを知りたかったのと、私たちの情報も得たかったんですね。すでに姉を見つけるのにも成功して、安全のために姉を裁縫部員に配置していました。義兄に会ったとき、私が見つけた金歯がいっぱい入った小袋を姉に渡すよう頼みました……。

それらは焼却棟の中庭であさって見つけたものです。特殊任務部隊の男が、いろいろな貴重品を土に埋めて隠しているのはよく知られていました。私たちのほうでは、もう大した物は持っていなかった。編成列車はもう到着せず、十分な食糧を取っておくことができなくなっていたのです。そこで、同じテッサロニキ出身のギリシャ人、シャウル・ハザンと二人で組になって物を探すことで意見が一致したんです。見つけた物は全部そのまま二人で分けました。ひとりが探しているあいだ、もうひとりは見張りをする。そうやって彼が地面を掘って金歯がいっぱい入った小袋を見つけたんです。私たちはそれをすぐ他の場所に隠し、ときどき一個取りに行ってはパンと交換していました。

私も探し物で報われたことがありました。思い出しました。焼却棟IIのドイツ人警備はいつも犬をそばにおいていました。ある日、その犬が電気の通った有刺鉄線に近づきすぎて死んでしまった。そのドイツ人にとってこの犬の死はまさに悲劇でした。彼にしてみたら、一匹の犬の命は千人のユダヤ人の命以上のものでしたからね。あげくのはて、その日は私たちに当たり散らし、一瞬たりとも休ませてくれませんでした。その犬の剥製《はくせい》を作らせました。犬の肉は全部ゴミ箱に捨てられたわけではなく、何人かの囚人が食べたのを知っています。私の兄も食べたんですから。

そのドイツ人は焼却棟IIの中庭に立派な犬小屋を作らせていました。レンガ作りの小さな家のようで、入り口に小型の絨毯《じゅうたん》まであった。それも、焼却棟全体を解体するというので失くなる運命だったんですけどね。私はこの犬小屋を壊すのに言いようのない満足感を感じました。つるはしを振りあげて思いっきりぶち壊した。とにかくみんな殺したかった、壊したかった。何であれ、この場所を破壊することで私は幸せでした。とにかく厄介払いしたかった。できうるかぎり壊したかった……。これからどんな目にあうかもわからなかったから、壊せば壊すほどいい気分だった。この犬は私たちより大事にされ、立派な犬小屋まで与えられていました。私は犬小屋を壊して幸せでした。犬小屋の中の床はレンガ敷きで、それを一個ずつ壊していくと、下に何か光る物が隠されているのが目に入りました。レンガをはがすと、金製の素晴らしいタバコ・ケースがあって、横の装置がライターに変わる仕組みでした。開けると中に千ドル札が一枚折りたたんでありました。こんな大金を見たのは初めてだった！　私はすぐに見つけたものを相棒に見せ、私たちはそれを中庭の他の場所に隠しました。

義兄に会った日、私は姉の助けになればと思って戦利品の一部を渡すことに決めました。それを伝えにシャウルのところに行ったら、やめるように説得されました。誰かに見られて隠し場所が見つかるのを恐れたのです。私は負けずに言い張って、彼も受け入れざるをえなかった。でも、結局は彼が正しかった。やはり誰かに見られていて、あとで彼が自分の取り分を取りに行ったら何もありませんでした。

私は自分の取り分の金歯を姉にあげました。姉が十分に食べられるよう、体力をつけて病気にならないよう、なんとしても助けてあげたかったのです。タバコ・ケースはもう丸パン二個とソーセージ一個と交換して終わりでした。言ってみればそれが収容所での食べ物の値段だった……。ともかくそれで私たちは何日か余計に生き延びられたのです。

その頃、特殊任務部隊で残った男は、焼却棟の屋根の解体が始まるや、寝るのに男性収容所に戻らなければなりませんでした。そこは私たちが特殊任務部隊になって最初の頃に寝た場所で、男性収容所の小屋とは隔離されていました。私たちは七十人そこそこになっていて、自分の荷物を置く場所はたっぷりありました。そこでも他の囚人たちとの接触は厳禁でした。普通はＳＳが私たちを男性収容所の入り口まで連行し、そこで仲間のひとりが小屋から誰も出ないよう見張り役を言い渡されました。にもかかわらず誰か出たら、見張り役が手ひどく罰せられました。

ところが一月十七日の夜は例外で、ＳＳの警備が小屋までついてきて、絶対に出てはならないと言いました。それだけではなく、「出ようとするだけでもいかん！」と、言わなくてもいいことまでつけ加えました。当たり前のことを繰り返し言いたがることが怪しかった。とくにその日は、小屋へ帰るときに囚人の列とたくさんすれ違ったのでなおさらでした。日が暮れていたというのに（午後の六時頃）仕事にでも行くようでした。途中で、私はなかのひとりにこっそり聞けました。「ヴァス・イスト？いったい何ですか？」彼は小声で「エヴァクイーレン！　撤退！」と答えました。私はああそうかと思った。もし全員が撤退して、特殊任務部隊だけが残るということは、奴らは私たちをネズミのように囮《おとり》にして殺させるつもりだったのです。私たちはとにかく動くなと命令されていましたからね。私たちはとりあえず小屋に入りましたが、ドイツ人が遠ざかるとすぐ外へ出て、収容所を出る集団にこっそり合流しました……。

数千人単位の集団がいくつも作られていました。全員を同じ場所へ送るのは不可能だったからでしょう。私たちはまずアウシュヴィッツIに送られ、そこでやはり撤退しようとしている他の囚人と合流しました。夜はすっかり更けていました。アウシュヴィッツIでは義兄に再会し、義兄の従兄のジョセフ・マノや他の知り合いにも会いました。道中を凌《しの》ぐのに各自三食分のパンとマーガリンを受け取ったんですが、盗られては困ると思った私はその場で全部呑み込み、ともかく胃におさめて安心しました。

季節は真冬で、外は凍結しているか雪が積もっていました。とにかく寒かった。でも私はこの場所を離れるとわかっただけで幸せで、とくに特殊任務部隊の抹殺を逃られたのが嬉しかった。夜を通してときどき、ドイツ人が囚人のところへ来て叫びました。「特殊任務部隊で働いていた者は誰だ?」もちろん誰も答えません。しばらくすると、奴らは定期的に、それも道中ずっと質問してきました。私たちを見つけるにはそうするしかなかったのです。その夜は、いわゆる《死の行進》が始まる前夜で、私は一睡もしませんでした。全員に十分な場所がなく、私は他人に挟まれて立って夜を過ごしました。そのときも運がよくて、着いてから建物の中に入れたのですが、なかには外で夜を過ごした人もいました。

翌日の朝、私たちはアウシュヴィッツを離れました。私の縦隊には五、六千人いたと思います。日中いっぱい、五列縦隊になって、あの凍るような寒さのなかを歩きました。夜は、村か家畜小屋で止まったのですが、つかの間でも休める場所を見つけるのになんとかうまくやらなければならなかった。要領のいい者は中で場所を見つけ、そうじゃないと外にいなければならなかった。夜のあいだに凍え死んだり、足が凍傷になる者がたくさんいました。歩けなくなった者はその場で撃ち殺されました。みんな足を引きずって、飢えと喉の渇きと寒さに震え……、それでも歩かなければならなかった、歩いて、歩いて、歩かなければならなかった。疲れ果てて倒れた者は置いていかれ、行進の最後をしめるSSによって殺されました。その身体を側道に捨てるのは四人の役でした。

これが十日か十二日続きました」

──途中で一般の市民とすれ違いましたか？

「はい、それもよく。ドイツ人は町を通らず、ぽつんぽつんと農家のある小道を選んだんですけどね。住民は私たちが通るのを見ていましたが、向こうも怖くて震えていたのはたしかです。二日目にすれ違ったポーランドの老婆にはお礼を言いたかったですね。私たちに大きなパンを三、四個投げてくれて、私はその一個を拾った運のいいひとりだった。そんなことはドイツ人から固く禁止されていたのですが、老婆はできるだけのことをして投げ、それから遠ざかりました。

じつは私は道中、何度もそうやって物をくすねました。じゃないと生き延びられなかったでしょう。たとえばある夜、私たちは納屋で止まりました。入ると地面に小さな開口部が見えたので、壊して穴を開けました。何も見えないので、降りてみないといけない。そこで兄とヤコブに手で支えてもらって、ゆっくりずるずる降りてみました。するとそれほど深くなく、他の者も集まってきました。農夫が地面にも小さな貯蔵庫を作って、砂の下にジャガイモを保存していたんですね。それを見るや、みんな飛びついてむさぼりました。

別のとき、私は家畜小屋の干し草の上で眠りました。けっこう場所があって、しかも干し草のおかげで少しは暖かかった。私たちは死ぬほど疲れて体力もなかったのに、ドイツ人は数時間しか眠らせてくれず、夜明けとともに出発させられました。そのときは私たち数人で干し草の下に隠れていようと決めました。ところがドイツ人は出発前に納屋に火をつけるとわめいて警告した。私たちは走って縦隊の列に紛れこみました。

三、四日後でしょうか、田舎の小さな駅に着くと、そこに石炭を運ぶときに使うような屋根のない列車が待っていました。その列車に押しこめられた私たちは、動くことも座ることもできない。おまけに雪が列車の動きに合わせて顔をなぐりつける。そういう状態が二日間続きました。一度も止まらず、何も食べずにです。

誰の目にも明らかだったのは、ドイツ人が自分たちの逃亡の妨げにならないために私たちをどこかで見捨てようとしていることでした。だから、私のまわりで逃げようとする者が少なかったのだと思います。本当はいましたよ。チャンスと見るや逃亡しようとする者はたくさんいた。列車が止まると、生理的な欲求のために囚人の何人かは下車を許されました。このときを利用して逃げた者がたくさんいます。でも、みんなどこまで逃げられたかはわかりません。私はいっさいしなかった。だって、そんなことをしたら野原の真ん中で置いてきぼりにされると正直信じていました。ソ連軍が前進していましたからね、逃げるのにもたもたしてはいられなかった。私たちをどこへ連れていくかもはっきりしていなかったのはたしかです。私は逃亡をはかって殺されたくなかったし、ドイツ人に解放される前に死にたくもなかった。でも、そういうときは来ず、私はそれからさらに四か月収容所にいることになります」

——撤退の「行進」中に亡くなった人は多かったのですか？

「はい、ものすごい数の人が死んでいます。でも、当然のことながら私は見ていません。疲労で倒れた人はそのままそこに倒れていましたからね。ええ、最後は最後尾につくSSに殺されてしまいました。力尽きた人の何人かを助けようとしたこともあります。ひとりの少年もそうでした。名前は忘れましたが、その子の兄のジャコット・マエストロは元気で利口なやつで、収容所で私たちにいろいろな情報を教えてくれました。少年は行進中にまず吐血しました。私ともうひとりが彼をかついで回復を待ちました。私たちのように特殊任務部隊出身者は他の人よりやや体力があったので、できるかぎり仲間を助けようとしたのです。

でも、私の車両で横にいた男の人は死んでしまった。ユーゴスラヴィア人で、もう骸骨のようでした。彼は死んだのですが、中はぎゅうぎゅう詰めだったので、死体は私と兄に挟まれて立ったまま、私たちもわかっていなかった。男は死んでいたのですが、私たちは動物のようになっていたんです。私が最初に考えたのは男のポケットをあさることでした。この期《ご》に及んで何か食べる物を持っているんじゃないかと思ったんです。でも見つけたのは木の十字架だけで、それをもらいました。もし奇跡が起きて解放されたら、これがあればユダヤ人と思われず、農民たちに受け入れてもらいやすいと思ったのです。それから、私たちはなんとか場所を作って死体を横にし、その上に座ることができました。翌日、列車が石炭補給に止まったとき、私はここにひとり死人がいるとドイツ人に言いました。捨てろと言われたと理解したので、死体を持ち上げると「駄目だ、ここでじゃない、もっとあとだ！」と言われました。列車が再び動きだしたとき、車外に捨てるしかなかった。臭いが強くなり始めたんです。

列車は線路が爆撃された場所で止まり、私たちはそれからもう一日歩き続けました。次にドナウ川で大型の運搬船に乗りました。相変わらず凍えるような寒さでしたが、とにかく屋根があった。ここで本当に久しぶりにスープが供給され、私たちは一晩、船の上で過ごしました。翌朝、五時頃に降ろされて橋を渡らせられたのですが、橋の標識に「リンツ」と書かれていたので、オーストリアにいることがわかりました。町を歩いているとき、女の人がゴミ箱を出すのを見ました。私は近づいたときに舗道《ほどう》のほうに寄り、大急ぎでゴミ箱を開けてジャガイモの皮を手づかみし、シャツの下にしのばせました。それを見て他の者たちも同じことをしたのですが、警備に見られてしまい、銃尾でぶたれていました。私の皮は助かって、食べました。ひどい臭いでした……でも、食べ物だった！　その少し先で耕地を通りました。私たちは何か収穫の跡がないかと足で土を掘り起こしました。運のいいことに、私は丸ごとのジャガイモ一個を手にしました。夜は鶏舎の近くで寝ました。何度も鶏を襲おうとしたのですが、うまくいかなかった。もし捕まえたら、鶏を生でも食べられたでしょう！　それでも卵は見つかったので、その場で呑み込みました。翌日、私たちはついにマウトハウゼンに着きました」

第6章

強制収容所——マウトハウゼン、メルク、エーベンゼー

マウトハウゼンに着いた日は正確にはわかりませんが、一月の末だったと思います。私たち四人の縦隊は正門から収容所に入りました。正門の右に大きな建物があり、サウナに行くにはそれを迂回しなければなりません。途中で死んだ人はいたものの、私たちはまだまだ大勢で、全員がサウナに入るのに二日もかかりました。でも、入る前は建物の中に何があるのか誰も知りません。四人は五人ずつ入ったのですが、出てきた者もいませんでした。

私はサウナには最後に入ろうと思って、外で二晩寝ました。兄と従兄と、それからアウシュヴィッツの仲間と一緒でした。ここでも兵士は定期的に「特殊任務部隊にいた奴はいるか？」と聞いていました。見つかると困るので、私は兄に名前を変えようと言いました。名前を聞かれたら「ヴェネツィア」の代わりに「ベネツィア」と言おうと。兄は名前を変えるのを嫌がって、それより兄弟で別れたほうが、どちらかが生き延びるチャンスがあると言いました。

結局は私たちも中に入り、それがただの消毒用のサウナとわかって安心しました。それほど大きくなかったですね。ビルケナウに着いた日のように全部服を脱がなければならず、受刑者に頭から身体じゅうを剃られました。それから番号をあてがわれたのですが、アウシュヴィッツと違って入れ墨ではありませんでした。囚人が入れ墨をされたのはアウシュヴィッツだけだったのです。プレートのついた鉄の腕輪のようなものを与えられ、私のプレートに刻まれていた番号は一一八五五四でした。それがマウトハウゼンでの私の登録番号でした。名前を聞かれたとき、「ベネツィア」と言ったのですが、よくわからなかったらしく「ベネッティ」と登録されました。

シャワーから出ると、外へ出て五列縦隊に並ばされました。雪で寒いなか、裸で濡れたままでした。列が五十人になるまで待ち、それでやっと左の奥にある小屋に向かいました。服を着ていてさえ耐えられない寒さだったのに、シャワーから出たばかりの裸で、信じられないほど痛かった。でも、私たちについている兵士は知らんぷりで、人数がそろうまで待ち、わざと小屋までゆっくり歩かせました。小屋は外から見るとビルケナウにあったのと似ていて、階段が二段だけなのが違っているようでした。中へ入るとベッドも何もない。唯一の救いは床がリノリウムで、窓が割れておらず、少しは寒さを凌《しの》げることでした。

――寝るときも裸のままだったのですか？

「もちろんです。裸でイワシのように詰めこまれました。全員の場所なんてなかったからです。翌日の朝の十時か十一時頃、ＳＳの将校が来て三百人ほど連れ出されました。アルファベット順に呼ばれて、私は二人の従兄と同じでしたが兄は一緒じゃなかった。やっと別の小屋に送られ、着る物を与えられました。スープももらい、それからまた車両に積まれ、新たな収容所に移送されました。メルクです。

移動にかかったのは六、七時間、そんなものでした。小屋は私が知っているのと違ってちょっと長く、入るのに階段を上らなければならなかった。二段ベッドが一列に並んでいたのですが、全員には足りません。ベッドが見つけられないと大変でした。一緒に寝てもいいと言う者なんかいませんからね。人を押しのけてでもなんとか場所を確保しなければならなかった。私は毎日確保できたわけではありませんが、まああうまくやりました。

仕事は八時間労働の三交替制でした（それに収容所から仕事場までの行きに二時間、帰りに二時間加えなければならない）。帰るとまだ寝ている人がいっぱいいて、場所を確保するのに調整しなければならなかった。他人を押しのけて場所を取るには強くないといけません。わかりますか。だから私は連帯感などなかったと言うのです。私たちは藁《わら》布団のようなものに服を着たまま寝ました。靴でも何でも脱ごうものなら盗まれたでしょう。取り戻すにはパンの配給で払わなければなりませんでした」

――仕事はどんな内容だったのですか？

「私が働いたのは石工《いしく》部隊で、オーストリア市民のための工事現場でした。この収容所での仕事は山に対壕を築くことだった。工事現場の広大な場所に着くと、職人頭がこの仕事には何人などと必要な人数を招集しました。私は義兄や従兄や友だちと一緒に、知り合いだけで五十人ほどの小集団を作ることができました。一緒にいられるように調整して、毎回同じような仕事をすることができました。職人頭や現場監督はオーストリア人でしたが、SSの警備や看守もいました。私の仲間は対壕を掘る仕事で、よかったのは暖かかったことと、外にいるドイツ人の警備から距離をおけたこと。ときどきオーストリア人が点検に入ってきましたが、普段は手際よく仕事をしているかどうかなど見に来る必要もありませんでした。対壕を掘った土が荷車にいっぱいになるペースを見るだけで十分だった。まあこれも強制労働で、食べ物も休憩も十分ではなかったのですが、それほど疲れる仕事ではなかったですね」

――オーストリアの市民は皆さんに対してどんな態度で接しましたか?

「命令することはなく、何をするかの指示だけでした。彼らは人手を必要としていたのですが、私たちはまあ仕事が早かったので、それは問題じゃなかった。オーストリア人は、私たちのなかに衰弱しきって腕をあげるのがやっとの人が何人かいるのもちゃんとわかっていました。ときには声を荒らげることもありましたが、暴力は使わなかった。まあ、これは私が見たオーストリア人のことで、他の人は知りませんが。ところが、ついていない日もあった。その日はいつもの仲間に合流できなかったのです。誰かがきつい仕事をしたくなくて、そこに滑りこんだのですね。それで私の場所を取って、私は仕方なく他の部隊へ行って、対壕の外で仕事をする集団になってしまいました。セメントを運ぶトロッコを引っぱる仕事でした。対壕の近くに着いたらトロッコと一緒にリフトに乗り、再び線路の上を押して、セメントが必要な場所まで運ばなければならない。本当にきつい仕事でした。

一緒にトロッコを引いたのは非ユダヤのイタリア人。私は名前も聞かなかった。ただ一つ覚えているのは、彼がシチリア人だと言ったことぐらい。話をしようとも思いませんでした。話すだけで体力を消耗します。ある瞬間、トロッコがだんだん背中に重くなってくるのを感じました。そこで引っぱるのをやめてみると、トロッコも止まってしまった。奴は引っぱるふりをして、本当は積荷の重みを全部私ひとりに押しつけていたんです。腹が立ちましたね。こんな仕事をひとりでするなんてとんでもないことだった。もし我われのせいで流れ作業が滞ったら、ドイツ人か看守が来て叩かれてしまう。我われは再び始めました。最初の数メートルは重みもバランスが取れていました。ところがしばらくすると肩が重くなったのを感じ、またかと思って止まったら、トロッコも止まった。もう私はかんかんに怒って、まだこういうことをするのなら、ら殴り殺してやると脅しました。私はこんな一日を早く終わらせたくてたまらなかった。奴のせいでぶたれるなんてごめんだった！　ええ、おかげさまで翌日からはいつもの集団に合流できました。

その期間はことさら寒かったので、小屋の看守は自分の部屋を暖めるのに、私たちが何か燃えるものを持っていくと喜びました。その代わりにスープを少し多くくれたのです。よく持っていったのはセメントを運ぶ厚手の布で、じゃなければ木片を取っていきました。何であれ収容所に持ち込むのは禁止されていたので、それらを小さくして、シャツの下の上半身に丸めてわからないようにしました。そうすると道中の寒さが少しは凌げたんですね。服の下に何かあると、風も寒さもあまり吹き込まなかった。ところがある日、収容所に入ったところで、私たちの集団が門番に検問を受けてしまった。全員が、ドイツ人に見つかる前にシャツを開けて木片を捨てました。そのまま捕まったら、他人への見せしめのためにも、嫌というほど叩かれるに決まっていました。彼らはそうやって木を集め、自分たちのために使ったんです」

——何を食べていましたか？

「収容所から出発するとき、お茶のようなものをもらいました。もちろん砂糖なんか入っておらず、唯一の救いは熱いことでした。十一時半頃に、看守がスープの時間を知らせました。キャベツとジャガイモの皮のスープです。スープを配る者は絶対に混ぜなかったので、最初の者は具が入っていない。だから誰も最初に行きたがらなかったのですが、これぱっかりは選べませんでしたね。

一度、スープをもらうときに最初になったことがありました。とても嫌な思い出です。私はけっこう要領もよくて強かったんですけどね、そうなってしまった。スープを配る看守はハンガリー人で、同胞にスープを余計にサービスするのを私は知っていました。そこで私もハンガリー人を装い、もらうときに「ハンガリー人」と言いました。でも、アクセントから嘘をついているのがすぐばれました。彼は私に多くくれるどころか、汁しかくれなかった。それを見て私は怒りがこみ上げてくるのを感じました。「どうしてここまで馬鹿にされるんだ?」次に食べ物にありつくまで二十四時間待たなければならないと思うと、頭にきてしまった。私は左右を見回し、別の配給の列にこっそり加わろうとしました。ところがもらおうとすると、私を見た他の囚人たちが気づいて叫びだした。「へー!　ホー!」それを見た看守が私のほうへ走ってきました。私は急いで食べ終わった囚人の集団に加わろうとしたのですが、看守は私を放さない。私を叩くつもりで、脅しながら飛びかかってくる。途中でスコップを見つけた彼は、それをつかんで私の背中を殴りつけました。私が手で頭をかばおうとすると、もう一発思いっきりやられました。もし彼がスコップを横に持っていたら、私は頭蓋骨を割られたでしょう。私は痛みと怒りで息が止まりそうでした。私はこの看守を知っていたし、囚人を喜んで殺していたことも知っていた。よく収容所の入り口で、人の出入りを記帳するSSに得意そうに報告していた奴です。「九十八プラス二」、つまり仕事中に二人死んだということです。それも彼自身が力尽きた二人の少年を殺したんですからね。アーリア系のポーランド人で、みんなが恐れていました。彼が三回目に私を殴ろうとスコップを振りあげたとき、私はぎりぎりで一発を避け、全力疾走で離れることができました。もしその場で倒れたら、間違いなく殺されていたでしょう。

その日、私は泣きました。特殊任務部隊では泣いたことがなかったのですが、このときばかりは怒りが全部こみ上げてきた。泣いたのは痛みや悲しみからではなく（戦後、姉と初めて再会したときのように）、怒りと苦しみ、欲求不満からでした……」

――**メルクにはどのくらいいたのですか？**

「正確なところはわかりませんが、わりとすぐにマウトハウゼンの準収容所エーベンゼーに移送されました。選ばれたのは二、三百人の集団で、運のいいことに、私たちの仲間は全部一緒でした。

列車は私たちを丘の下で降ろし、収容所は丘の上にありました。小屋はビルケナウの小屋と似ていて、二段ベッドでした。私たちは大人数だったので、一つの寝床に二人で寝なければならなかった。そのベッドがまた狭く、身動きもできないほどでした。おおかたの時間、横にいるのが誰かもわからない。小屋にはすでにフランス人がたくさんいて、普通は非ユダヤ人でしたが、ロシア人も多かったです。私は一晩じゅう咳をしていた病気のロシア人とベッドが一緒でした。解放後、私自身が大病を患ったのは彼のせいだったのはたしかです」

——仲間どうしでは話さなかったのですか？

「最小限は話しましたが、いずれにしろ誰もとくに話したいとは思っていませんでした。小屋へ帰るのは重労働をしたあとで、みんな脳は空っぽ、話すことは何もなかった。なかにはインテリもいることはいました。でも、私たち労働者はもうすっかり前から自尊心を失っていました。

エーベンゼーの仕事もメルクと同じで、山に対壕を掘ることでした。ただ、掘ったのは土ではなく石で、対壕の湿気もメルクよりすごかった。何をしてもすぐびしょ濡れで、乾かす方法もなかった。収容所に戻ると、濡れたままの服を脱ぐこともできず、そのまま寝るしかなかった。私は運よくこの仕事は十日ほどしかしませんでした。その後、アメリカ軍がエーベンゼー駅を爆撃し、線路の改修に囚人が優先的に使われるようになったからです。

毎日、駅まで歩いていかなければならなかった。それから電車に乗って線路が爆撃されたところまで行き、そこからさらに爆撃された駅まで一キロ歩きました。途中、アブラナ畑の近くを通り、囚人はみんなできるだけアブラナを取ろうとしました。見つけたら雑草でも食べたでしょう……。でも警備が素早く割って入り、私たちは畑に近づくことができませんでした。ある日、オーストリアの老農婦が家畜の餌《えさ》桶で洗濯しているところを通りかかりました。囚人は全員、老農婦のそばを通るとき水をくださいと言いました。彼女はバケツに水を入れ、道路の縁に置いて私たちが通りすがりに飲めるようにしてくれました。ところがドイツ人はそれも禁止した。おまけに私たちを助けようとした老農婦を銃尾でぶったんです。

爆撃された地点に着くと、地ならしをしなければなりませんでした。運がいいと、瓦礫《がれき》のなかでタバコの吸い殻や貴重品が見つかって、私たちはなんとか収容所まで持っていこうとしました。収容所では、便所の近くの小屋が交換所、「取り引き」の場になっていました。仕事をしていない者は簡単に出入りできました。私たちの場合は夜、消灯前に行けました。私ができるときは、タバコの吸い殻と交換にパンを余計にもらうようにしました。ロシア人は煙が出せるものなら何でもほしがりました。一度など、ひとりのロシア人が私のところに来て、タバコと引き換えに油はどうかと言いました。ロシア人はタバコのためなら何でもくれるのは知っていましたが、収容所で油を持っているなど考えられなかったので、これはしめたと思いました。彼は手で待っていろと合図しました。私は彼が油を何に入れて持ってくるか興味があった。だって、ここには瓶も袋もなかったですからね。結局、彼はオイル・ランプに入れて持ってきました。対壕を照らすのに使うやつです。私に見せた油は真っ黒で、とんでもないものでした。彼は私に売るのはビタミンいっぱいのオリーブ油と思わせていたくせに、なんのことはない、それはどう見てもエンジン・オイルでした。「自分で飲みな！」と私は答えました。こんな油でも飲む人がいたのは考えられます。石炭のなかの白っぽい樹脂のようなものを食べた人もいましたからね。こんなものを食べたら絶対に胃をこわしたはずです。

私たちの看守はドイツ人で、小さいくせにとりわけ残酷だった。ある日、スープを配給するときに、理由もなく無差別に全員を殴りだしました。友人のひとりのジョセフ・マノ（義兄の従兄）はとくに頭蓋骨を激しく打たれてしまいました。頭蓋骨がほとんど割れたんじゃないでしょうか。それほどの重傷を受けて生き延びられるとは誰も思わなかった。でも、彼は生き延びました。

向こうでは、身内と集団でいることが多かったですね。少し強気になれたからです。ひとりだと簡単に他人にやられました。ある日、私もそういう目にあいそうになりました。解放の少し前でした。看守がいつもより多目にパンを配給しました。私たちは六人で組を作り、各組がレンガ型の大きなパンを一個受け取りました。私が義兄や知り合いと一緒だったら、パンを平等に分けて何の問題もなかったのです。ところが一度、自分の意に反して五人のロシア人と一緒の組になり、なかに私と寝床が一緒の病気のロシア人もいました。すぐに、五人が共謀して私をちょろまかそうとしているのがわかりました。普通は各自に番号が配られ、中のひとりが目をつぶって各番号のところへ行くパンの部分を指しました。このやり方はいちばん公平で、どのパンがいいとかいう喧嘩も防げました。ところがこのときはロシア人が私に後ろ向きになれと言う。パン切れが私の分と、寝床を一緒にする男の分の二個だけになったとき、私は後ろ向きになるのを断り、男に好きなパンを選べと言いました。それでもロシア人たちは私に後ろを向くよう言い張ります。私は断り、大きく見えるほうのパンを男にやりました。後ろを向くや否や、奴らはパンを二個とも取っていくのは目に見えていた。状況は私にとって不利でした。向こうは五人で私に対していたのですからね。奴らは私の分け前を山分けしようと決めていたんです。実際、私がちょっと油断したすきに二個とも取られてしまいました。あっという間の出来事だった。私は寝床を共有するロシア人が手にまだパン切れを持っているのを見ました。どうしたものだろう？　食べずにいるなんて耐えられない。そこで、早業で彼からパン切れを取り、一挙に呑み込みました。普通ならパンは少しずつ食べたほうがいっぱい食べた気分になります。でも、そのときの状況はそんなことを言っていられなかった。パンを取られたロシア人はいらついて私にわめき出しました。騒ぎで看守があらわれ、何事だと聞いた。男は泣き真似をしながら、私にパンを盗まれたと答えました。看守はそれ以上聞こうともせず、私を激しく叩きだしました。私は顔をぶたれないようにしたのに、彼はお構いなしにあちこちぶった。彼の一撃は強烈でしたが、私は痛みを感じなかった。考えていたことはただ一つ、パン切れを胃に押しこんだからにはもう誰にも取らせないぞ！　この考えだけで痛みを和らげるには十分でした。結局、看守は叩くのに飽きて、他のことをしに行きました。

パンが食べられなかったロシア人は、仲間のところに一切れくれるよう言いに行きました。でも、奴らはもちろん何も与えなかった。私たちは二人とも同じ寝床に寝続けました。だって他に方法がないでしょう。男は復讐しようにもできなかった、私のほうが強かったですからね。それに、男にとっては身から出た錆でした」

——解放の少し前にいつもより多くパンをもらったということですが、人の態度や全体の雰囲気のなかで何か他に変わったことはありましたか？

「看守が急に大人しくなりました。私の小屋の看守で、やたら人を叩いて喜んでいたちびで性悪のドイツ人は、フランス人やロシア人を敵に回さないよう注意していました。終わりが近づいたのを感じ、私たちが自由になるや復讐されるのを恐れたんでしょう。突然、静かになって、愛想もよくなった。ロシア人やフランス人にスープを多くやるようにもしていました。

ある朝、仕事に出発する代わりに、エーベンゼーの司令官は私たちを収容所の中央広場に集めました。みんな二十か国ぐらいの違う国から来た人で、五、六千人はいたでしょう。司令官は壇上にあがり、横に全部の言葉を訳す通訳がいました。彼が言ったのはこんなようなことでした。「ソ連軍とアメリカ軍が近づいている。しかし、我われは闘わずに場所を明け渡すようなことはしない。戦闘になると皆さんの命が危険になる。したがって、爆撃を受けて死なないためにも、皆さんには対壕に避難していただきたい」囚人たちはあらゆる言語で嫌だと叫びました」

——司令官は皆さんに選択を任せたのですか?

「はい。司令官が私たちに聞いてきたと思うと不思議です。やろうと思えば、私たちを強制的に対壕に入れ、ダイナマイトを爆破させて殺すこともできたでしょう。でも、そうなったら私たちも反抗するから、まさに修羅場になったでしょう。そして入ってきたアメリカ軍が卑劣な虐殺の跡を見つけることになる。それに、奴らには私たちを強制する時間もなかった。司令官は私たちが拒否したとわかると、将校たちを集め、収容所を離れてしまいました。といって、私たちは自由にはならなかった。代わりにドイツ国防軍の男たちが来たからです。ほとんどの兵士は年輩の予備役軍人でした。私たちが近くの村へ行って略奪したり、復讐するかもしれないので、監視しなければならなかったのです。みんなやろうと思えばめちゃくちゃなことができたと思います」

――本当にそう思いますか？

「はい、私たちは本当に飢えていた！　あのときは最悪のことができたと、正直に思います。私はすべて話します。何も隠したくないし、嘘もつきたくない。

警備兵は態度を決めてアメリカ軍を待ちました。戦闘の音が遠くから聞こえました。そうやって私たちは一日待ちましたが、何もなし。二日目も何もなし。食べる物はもう何もなかった。でも、逃亡をはかる者は少なかった。もう時間の問題だったし、終わりが近いのに死の危険をおかすのは馬鹿げていました。それでも、アメリカ軍が入ってくるまでさらに四日待たなければならなかった。その間、私は炊事場でジャガイモの袋をくすねることができました。奇跡的に無事だったんです。私たちは仲間と私とで段取りを立て、四六時中誰かしら袋の上に座って守ることにしました。ジャガイモのおかげでなんとか体力がもってアメリカ軍を待つことができました。

結局アメリカ軍はある朝の十一時頃に到着しました。先頭の戦車にイタリア系アメリカ人が乗っていましたが、シチリア系のアクセントで私はわからなかった。二台目の装甲車にたまたまギリシャ系移民の二世がいて、途中、解放された収容所で何千人という死者を見たと私に話してくれました。彼らはそれからSSを追跡し、見つけ次第殺していました。私たちには手持ちのチューインガムとかそういう物を置いて、それから再び出発していきました。

次の日から、私たちの食糧を積んだトラックがやってきました。もらったのは赤十字のパックのようなもので、中に入っていたのはチョコレートや粉末ミルク、生活必需品、砂糖、お菓子などでした。でも、たいていはアメリカ軍が積荷をおろす暇もなかった。囚人たちが飛び乗ってわれ先にと取ったからです。アメリカ軍も積荷を小屋に貯蔵するなりして、平等に配分する仕組みをつくればよかったのですが、人があふれてもそのままで、中に割りこんで事態を収拾しようともしなかった。私はもっと公平に組織立ててほしかったと思います。衰弱してほとんど立っていられない人たちも同じようにもらえるべきでした。数日後には最低限の秩序が守られるようになりましたが、その数日間に、食べ過ぎたり、逆に食べられなくて、たくさんの人が亡くなりました」

——あなた方はどうやって自制したのですか？

「私たちはジャガイモ袋のおかげで徐々に胃を慣らすことができていました。ジャガイモは一度に全部食べず、一回に二、三個だけにしていました。アメリカ軍が持ってきたもののなかに豚肉の缶詰もあったので、ジャガイモと混ぜて食べていました。それもあって胃にあまり無理をかけず、だんだんと食べ物に慣れていったのです。それに、私のような特殊任務部隊にいた者は、収容所に着いたときは体力に多少の蓄えがありました。でも、たとえば義兄は二年以上もアウシュヴィッツにいたので、体力ももう限界に近く、エーベンゼーに着いたときの体調はすでにかなり悪かった。幸いなことに、義兄は生き延びました。私の見るところ、解放まで生き延びた人の半分以上はその後の数週間で亡くなっています」

——復讐をしようと思いましたか？

「ええ、とくに看守に対しては思いました。というのも、ドイツ人は逃げてしまったか、アメリカ軍に捕まっていたからです。解放後の二十四時間は、まさに看守たちの追跡戦でした。小屋で私を殴った奴は逃げようとしたんですが、フランスの囚人たちに捕まった。見るも無残なほどめちゃくちゃに殴られて、息も絶えだえになりました。

フランス人のなかのひとりがその上に立ち上がった。短刀を振りかざし、それからまわりに向かってフランス語で聞いた。「こ奴をどうしようか？　殺すか？」「殺せ！」とみんなが叫びます。それを受けて彼は看守の上半身に膝をつき、胸に短刀を二つき突き刺しました。それから身体を持ち上げて、近くの池に捨てました。池に捨てる前に、なかのひとりが靴を取ろうとしたのですが、首謀者らしき者が死人のものには触るなと言ったので、そのまま捨てました。

アメリカ軍が到着した日、収容所じゅうが大騒ぎしているなか、私の顔を殴ったアーリア系ポーランド人が目の前を通り過ぎました。私と一緒にエーベンゼーに移送され、そこでもみんなを震え上がらせていた奴です。その日は市民服を着て、肩にショルダーバッグをかけ、目立たないように出て行こうと思っているようだった。奴を見た私は頭に血がのぼりました。奴に危うく殺されそうになったときのことがまざまざと目に浮かんだ。私は地面に落ちていた棒をつかみ、残っていた力をふりしぼって頭を思いっきりぶん殴りました。奴は私がやられたときしたように両手で自分の頭をかばいました。一部始終を見ていたロシア人たちが近づいてきました。私は男を指差して「看守だ」とだけ言いました。ロシア人はよく考えもせず奴に飛びかかってバッグを取り、殴りつけました。それこそめちゃくちゃに殴ったので、奴は死んでしまった。奴は自由を味わえなかった、それで私は大満足でした。奴にそれ以上の価値はなかったんです」

――アメリカ軍が来たあと、どのくらいエーベンゼーにいたのですか？

「私たちが解放されたのは一九四五年五月六日ですが、私は六月の末までいました。ほぼ二か月です。どこへ行ったらいいかわからなかったんですね。赤十字と一緒に来たフランス人たちはきちんと統制が取れていて、囚人でも重病者を緊急に連れ帰りました。それ以外はトラックでフランスに送還されていました。何かが組織立って行われたのはこれが最初でした。イタリア人は駄目。ギリシャ人は問題にもならなかった」

――村へ下りた人は誰もいなかったのですか、先におっしゃっていましたね？

「もちろんいましたよ。でも復讐ではなく、食べ物を見つけにです。少し調子がいいと思ったとき、私も友だちと行きました。村へ直接行くのではなく、少し離れたところに農家がある周辺です。きれいな農家の前を通ると鶏が放し飼いになっているのが見えました。一羽つかまえて、美味しいブイヨンでも作れば体力が回復するだろうという考えが浮かびました。ところが、私たちが庭に入るや雄鶏が騒ぎ出した。あまりに頭がぼうっとしていたので、鶏は犬のように口笛を吹けば寄ってくるもんじゃないというのを忘れていたのですね。鶏は逃げ出し、雄鶏はどんどん攻撃的になった。そうこうするうち、一羽の鶏が卵を産むのか温めるためか鶏小屋に残っているのを見たので、素早く首をつかまえました。雄鶏は私を襲おうとした。そのとき老オーストリア人が家の戸を開け、「何事だ?」と叫びながら外へ出てきました。私は「ニヒト・イスト! 何でもない!」と答えました。彼はどうしたらいいかわからなかったようですが、よほど怖かったらしく、私たちが鶏を持ち去るのを見ても追いかけてこなかった。私たちは川辺で鶏を殺し、羽をむしりました。帰りの道すがら、エーベンゼーの小さな村を通りました。私たちはすぐ村人が怖がっているのに気づきました。こちらがほしいものを頼むだけで何も言わずにくれました。私たちを野獣のように怖がっていた。だから、インゲン豆と塩がほしいと頼むだけにしました。

収容所へ帰って、鶏の内臓を引きだすナイフと、鍋を見つけることができました。鶏はこうして数時間、ちゃんとした料理もせずに置かれていました。臭いがものすごく、それを嗅いで私は初めて気持ちが悪くなりました。咳をし始めて、熱も少し出た。自分では大した病気ではなく、ただ弱っただけだと思っていました。それからです、私の身体の具合が急激に悪化していったのは。

でも、最初の頃はまだ元気でした。先頭の戦車が到着して三日後、アメリカのジープが収容所に入ってくるのを見ました。運転手はひとり。彼は車から降りて、収容所の中へ向かいました。好奇心から中を覗いてみたかっただけだと思いますね。彼が遠のくや、友だちに知らせ、みんなでトラックの中に何があるかを見に行きました。どれも取りたいもので、服、タバコ、何でもよかった。私は後部座席の後ろにかぶせてあった布を持ちあげ、何かめぼしいものはないか見ました。暗かったのですが、手の届くところに箱一つと缶詰が数個見えました。私は取れるだけ取ってポケットに入れました。ところがもう私たちだけではなかった。私たちを見て、たくさんの元囚人が近づいてきた。私は人をかき分けて外へ出たのですが、ポケットに手を入れたときすいかからかんなのに気づきました。全部、知らぬ間に取られていたのです。私はがっかりし、努力が無駄になったことで怒りがこみあげてきました。その場で他人を押しのけて道を作り、トラックの近くへ戻りました。他人を突き倒すなんて何でもなかった。私たちはみんな荒くれ者になっていました。トラックの中の箱は空っぽでした。ドアの横に仲間のひとりが見えたので、私はギリシャ語で彼に、てこを持ち上げてトラックの後部ドアを外すよう言いました。外れたドアはもちろん、その前にいた人たちの頭の上に落ちました。でも私にはどうでもよかった。ポケットを空っぽにされて怒り狂っていた。中の隅っこに大きな袋が見えました。中の物を取る代わりに、私は袋ごとつかみました。さっきの二の舞はごめんでした。みんなが私に飛びかかって袋を取ろうとしました。私は義兄に言って、仲間に一発殴って人を追いはらわせ、袋を確保しようとしました。結局、袋は安全なところに置くことができました。収容所の入り口にある元SSが使っていた小さな小屋です。

仲間はすぐに袋を開けて中に何が入っているか見たがりました。でも、私は待つように言いました。ジープの兵士がどう反応するか見てからにしたかったのです。兵士が口笛を吹いて戻ってくるのが聞こえました。トラックのまわりに四人が集まっているのを見ると、ピストルを出して空に向かって二発撃ち、全員をけちらしました。それから後部ドアを元に戻し、あっけなく去っていきました。それでやっと私は袋を開けました。中にはタバコのカートンがたくさんありました、キャメル、ラッキー・ストライク、マルボロ、それにマッチも。私は一本取り出し、みんなにも宝物のように回しました。それからマッチで火をつけたのですが、おなじみの手巻きタバコの吸い殻に比べると強すぎました。私は激しく咳きこみ、頭がくらくらしました。タバコのせいと、忍び寄る病気のせいもあったのでしょう。袋にはナプキンとハンチング帽、そしてカメラが二台、普通のとポラロイドもあって、私たちは戦利品を分けあいました。問題はこれらの安全な隠し場所を見つけることでした。タバコはマットレスの下に隠したのですが、盗まれないよう誰かが四六時中その上に座っているなんて不可能でした。

案の定、それからすぐに私のタバコを取られてしまいました。こういうことです。

サルヴァトーレ・クニョ（私たちがアウシュヴィッツに着いたときに通訳をしていたギリシャ人で、英語もドイツ語も話せた）が駅で働くオーストリア人のグループを指揮しているのは知っていました。アメリカ軍が駅を取り払うために働かせていたのです。オーストリア市民は、かつて私たちが働かされたように、今度は逆に、復讐ができて嬉しくてたまらない元囚人たちに監視され、指揮されていました。ええ、もちろんその上で管理していたのはアメリカ軍だったんですけどね。私は例によって、好奇心にかられて現場を見に行きました。でも、この日はベッドを離れないようにすべきだったかもしれません。帰ると、私のタバコだけでなく、袋に入れたままだった二台のカメラも誰かに取られていました。私は目の前にいる、病気でベッドに寝たきりの男のほうに行き、タバコを取りに来たのは誰だと聞きました。男は何も見なかったと言い張りましたが、声を少し荒らげただけで自分が取ったと白状しました。タバコは簡単に取り返せましたが、カメラは駄目でした。池へ捨てたと言い張られてしまった」

——あなたの体力はまだ十分にあったのですか？

「ええ。病状はかなり進んでいたとしても、自分ではまだわかっていませんでした。自分でわかったのは、アメリカ軍が特設した軍の収容所へ私たちが移送されるときになってやっとです。実際、私たちがいたところは不潔きわまりなく、アメリカ軍は伝染病が蔓延するのを防ぐために全部消毒しなければいけないと考えたのです。行った先で伝染病を広げないために、私たちはシャワーを浴びさせられ、シラミを取るDDTを吹きかけられました。それからレントゲンも撮られました。医師が何か異状があると思った者は、治療のために別にされました。私が撮られると、医師は何も言わずに別にした。それからもう一度検査して、私の肺に影があるのが確認されました。私はすぐに病院代わりのテントに運ばれました。ベッドは快適で、シーツは真っ白。まるで宮殿で寝ている気分でした。でもそこにいたのはほんの数日でした。というのも、自分ではそれほど病気だと思っておらず、仲間に合流したかったからです。みんながイスラエルへ行くつもりなのがわかったとき、私はそこを出て一緒に出発したのです。どこにも行くところがなく、一緒に行動する者もいなかった。誰もいなくて、ひとりっきりで残るのだけは嫌だった」

——本当のところ、どういう病気だったのか知らなかったのですか？

「はっきり知ったのは友だちが見舞いに来たときです。彼が病気のカルテを取り、読んだら「ＴＢＣ」と書いてあった。私は何だかわからなかったのですが、彼が説明してくれました。「結核だ、ということは、きみは肺の病気なんだよ」私は心配しませんでした。ここで食べ物と薬をもらっていればすぐに治る自信がありました。

そういうわけで二、三日もすると、仲間と一緒にイタリア経由でパレスチナに向かって出発したいと宣言しました。私たちはアメリカ軍からイギリス軍に引き渡され、トラック五、六台で出発しました。そこでです、私は本当に調子が悪くなったと感じ始めました。強い痛みがあった。私は他の病人と一緒に北イタリアのウーディネの病院に入れられました。私は、仲間が私を置いてパレスチナへ行くと思うといたたまれなかった。ハガナ*の代理人が私に会いに病院へ来て、大丈夫、病状がよくなれば私も出発できると言ってくれました。だから私も他の病人と一緒に残ったのです。みんなエーベンゼーの収容所から来た人たちでした。

それから、私はフォルラニーニのサナトリウムに送られました。そこには結核患者がたくさんいましたが、元強制収容者は私ひとりでした。そこに一九四五年の七月から一九四六年の十一月までいて、いい友だちもできました。家族が見舞いに来ないのは私ひとりでしたが、みんなお土産をわけてくれました。向こうでは男性病棟と女性病棟が向かい合っていました。窓越しに話すとき、女の子たちは私を「ブルノ」、褐色という意味ですね、と呼びました。この名前が私のものになって、みんなもそう呼ぶようになりました。自分の名前を使うと、すべてが再開しそうな気がして嫌だった。だから私の名前は公式のシュロモとかサロモンではなく、「ブルノ」になったのです」

＊イギリス委任統治下のパレスチナにあった非合法の援護組織。ユダヤ人を保護し、イスラエル国家を樹立するために闘った。戦争直後、ショアーを生き延びた多くのユダヤ人がパレスチナに移住するのを援助した。

――収容所での体験をみんなに話しましたか？

「いいえ、全然、誰にも。誰も私がユダヤ人とはずっと知りませんでした。それに誰も聞いてこなかった。みんな収容所が存在していたとはほとんど考えていなかった。私はその病院ではただひとりのユダヤ人でした。しばらくして、イタリア系ユダヤ人の組織「デラセム」の若いユダヤ人女性から連絡を受けました。ビアンカ・ピンケルという名前の女性で、病院に来て家族のいない患者がいないか聞いたようですね。トリエステに住んでいたのですが、遠いのに二週間ごとに来てくれました。ある日彼女に、やはりアウシュヴィッツに強制収容されたニッコロ・サッジという男をもしかして知らないかと聞かれました。私は名前はわからないが、顔ならわかるかもしれないと答えました。次に来たとき、彼女は写真を持って来ました。それを見てすぐに誰かわかった。彼はとりわけ大柄で毛が赤かった（髪の毛はなかったのに、それでもわかりました）。特殊任務部隊で会ったのですが、反乱のときに殺されていました。彼女によると、息子のルイージと一緒に強制収容されたということです。そして、トリエステで夫の帰りを待っている妻にできるだけの情報を伝えたいと言いました。その後、息子のルイージ・サッジは私の親友のひとりになりました。

一九四六年十一月、ビアンカは私にメラーノの病院に移転しないかと勧めました。アメリカのユダヤ人共同配給委員会〔世界じゅうのユダヤ人を援助するために一九一四年に設立された組織〕が運営している病院です。彼女は救急車でイタリアのヴェネツィアまで一緒に来てくれ、それから私はひとりでメラーノまで行きました。この病院に数年間いました。アメリカの共同配給委員会は治療に加え、患者が社会復帰して職業につけるような援助もしてくれました。一軒家を借りて二、三人で共同生活をさせ、少しずつ職業生活に戻れるようにしてくれたのです。私はヴェネツィアからわざわざ教えに来た教師から皮革の仕事を習いました。患者のなかで生き延びたのはわずかでした。その後、共同配給委員会はメラーノの病院の閉鎖を決めました。患者の多くが、イスラエルやカナダ、米国への移住を決意したからです。これも委員会のおかげでした。残った患者の私たちはローマの近くのグロッタフェッラータへ送られ、そこで家を与えられて援助を受けました。私たちは毎月お金も少しもらえ、それで私は英語講座と、そのあとコモ湖のホテル学校の講座を、友だちのルイージ・サッジと一緒に受けることができました。

結局、収容所で解放されたあと七年間、いろいろな病院で過ごしたことになります。

現実に肺を一つ失くしましたが、毎日治療を受けて療養したおかげで、なんとか治ることができました」

――妻になる女性とはどこで出会ったのですか？

「グロッタフェッラータで受けていた英語講座で知り合いました。マリカは十七歳になったばかりで、私は三十二歳。彼女の父親は戦争中にハンガリーから逃れ、その間彼女はニースの祖母のところにいました。それからローマの近くに住むようになって、私たちが出会ったというわけです。私がリミニ〔イタリア東海岸の都市〕のホテルで働き始めるとき彼女も一緒に来て、結婚しました。私は運がよかった。彼女のように私の性格を我慢してくれる女性はなかなかいませんからね。子供は三人生まれました。マリオとアレッサンドロとアルベルトです」

――解放後、初めてお兄さんやお姉さんのことを聞いたのはいつですか？

「兄のことは、解放後、まだエーベンゼー収容所にいるときに耳に入りました。まだ歩ける者は家族の情報を得るために他の収容所へ行ったのです。それである日、兄と一緒の収容所にいたギリシャ人の友だちのダヴィッド・タボに会い、兄は病気だけれどまだ生きていると聞きました。あとになって、兄は解放時に昏睡状態だったと知りました。昏睡から覚めたのは三か月後で、立派な病院にいたそうです。兄は何が起きて、どこにいるのかも知らなかった。私がウーディネの病院にいるときに兄からの手紙を受け取ったのですが、再会できたのは解放から七年後でした。兄は米国に移住するのにイタリアを通りました。そのときに港まで会いに行って、一緒に数時間過ごし、兄は出発しました。姉とは一九五七年にイスラエルで会いました。姉は義兄のアーロン・マノのおかげで私の手がかりをつかんでいました。ええ、二人はイスラエルに行く前に結婚しました。

家族で生き残ったのは三人だけでした。家族全員が殺されて、思い出を守る者が誰もいない家族が多いことを思うと、これだけでも奇跡です。たとえば私の母の兄弟たちは、妻も子供たちも……。誰も戻らなかった。家族の家系名「アンジェル」はそこで途絶えてしまいました」

――その方たちはどんな名前だったのですか？

「母の長兄の名前はアブラハム・アンジェルでした。奥さんの名前は思い出せませんが、二人の息子の名前はシルヴァンとハイムだった。シルヴァンの写真ならまだ持っています。彼が十二歳のとき、当時の流行りだったタバコを手にポーズを取った写真です。その下がハイムで、結婚していたけれど子供はいなかった。それからメイール、やはり結婚して子供はいなかった。叔父でいちばん若かったのはサベタイという名前で、娘が二人いたのですが、残念ながら名前は忘れました」

——あなたがビルケナウで見たり体験したことを語り始めたのはいつですか？

「かなり遅くなってからですね。というのも、人は聞きたがらず、信じたくなかったからです。退院したとき、ひとりのユダヤ人と一緒に、私は話し始めました。突然、彼が私を見る代わりに、私の後ろで何か合図をしている人を見ているのに気づきました。振り返った私は驚いた。彼の友だちのひとりが手ぶりで合図しているところで、私は完全に気が狂っていると言っているんです。私は急に声が止まり、それを機に話したくなくなりました。私にとっては話すことだけでも辛いのに、信じようとしない人たちに向かって話しても無意味だと思ったのです。

再び話し始めたのは、解放から四十七年後の一九九二年になってやっとです。イタリアでユダヤ人排斥主義が浮上して、壁にナチスの逆卍が落書きされることが増えてきた……。アウシュヴィッツに再び行ったのは一九九二年の十二月が最初でした。ある学校から招待されていたのですが、ずっと決心がつかなかったのです。再び地獄に戻る覚悟ができていなかった。友だちのルイージ・サッジが一緒に行ってくれました。私はナチスが発つとき焼却棟を爆破させたのは知らなかったので、廃墟になっているのにびっくりしました。それからは何度も行きました。でも、ポーランドのガイドには腹が立ちます。ビルケナウには全部のグループを連れていかず、アウシュヴィッツIですべてが起きたように歴史を紹介していました」

――現在も証言をしたいと強く感じていますか？

「気分のいいときは、そうですね。でも、それが難しい。私はものをはっきり言う人間で、物事を明確にきちんとしておきたい。学校に証言に行って、先生が前もって生徒にちゃんと説明していないと、深く傷ついてしまいます。一度、先生が来る前に教室に行ってしまい、男の子が私に何を話すのと聞きにきたことがありました。でも、全体的には学校で証言するととても満たされます。私の話を聞いて感動した人たちから、心打つ手紙をもらうこともよくあります。

そんなことがあると、ちゃんと聞いてくれる人がいるのがわかって勇気づけられます。証言するのは恐ろしい犠牲をともなうからです。一時も離れない、刺すような苦しみを再びよみがえらせることなのです。すべてうまくいっているのに、突然、絶望的になる。少しでも喜びを感じると、すぐに私のなかで何かが拒絶反応を起こす。内面の傷のようなもので、私は「生き残り病」と言っています。チフスとか結核とか、人が一般にかかる病気じゃない。人の内面を蝕《むしば》み、喜びの感情を破壊する病気です。

私はそれを収容所で苦しかったときから引きずっています。この病気は私に一瞬たりとも喜びや気苦労のない瞬間を与えてくれません。これは気分的なもので、私の力を常時萎《な》えさせるのです」

——特殊任務部隊を生き延びた人と、アウシュヴィッツを生き延びた他の人とのあいだに違いがあると思いますか？

「ええ、あると思います。こう言うと傷つく人がいるのはわかっていますが。生き延びた他の人たちは、もちろん私より飢えと寒さで苦しんだのはたしかですが、つねに死者と接していたわけではなかった。ガスで殺された犠牲者を日常的に見るということは……。到着した集団が希望を失い、もぬけのからになってガス室に入っていくのを見たという事実。みんながみんな力尽きていく光景だった。私がここで特殊任務部隊の経験のほうが重かったと言うのは、メルクやエーベンゼーで他の強制収容者と一緒に生活した経験からです」

——これまでの話を妻や子供たちにもしたことがありますか？

「いいえ、まったくありません。話してもよいことはなかったでしょう。逆に、みんなに背負わなくてもいい重荷と苦痛を与えてしまったでしょう。家族が私の過去を知り始めたのはやっと最近です。私はみんなが烙印を押されないためにできるかぎりのことをしました。でも、普通の父親らしくできなかったのは自分でもわかっています。普通に子供の宿題を見たり、無心に子供と遊んだりはできなかった。その意味で、とても頭のいい妻と一緒になれたのは幸運でした。彼女は全部うまくやってくれました」

——この極限の経験で奪われたものは何ですか？

「人生です。普通の人生が奪われました。うまくいくとは思ったことがなかったし、他の人のように、ダンスに行ったり、無心に楽しむこともなかった……。すべてが収容所に結びつきます。何をしても、何を見ても、心が必ず同じ場所に戻るのです。あそこで強いられた《仕事》が頭から出て行くことが決してない……。焼却棟からは永遠に出られないのです」

歴史のノート――ショアー、アウシュヴィッツ、そして特殊任務部隊

マルチェッロ・ペゼッティ
（ローマ・ショアー博物館長、アウシュヴィッツ専門の歴史家）

ショアーは、二十世紀のヨーロッパで、国家という巨大な機構が政治的ならびに経済的、産業的に実施したもので、その目的はただ一つ、ユダヤ民族の撲滅である。この目的のために、ナチス・ドイツは全力を尽くし、官僚も自然資源も結集した。ショアーは人類史上例のない、前代未聞の大惨事で、それを引きおこした原因と方法についてはつねに問題提起がされている。そのとき何が行われ、その背景は何だったのかを正確に知ることで本質が明らかになれば、私たちは歴史の「ブラックホール」に立ち向かい、ややもすれば表面的になりがちな感想（たとえばセンセーショナルな反響を求めて放送されるテレビ番組など）を越えることができるだろう。改めて事実を知ることで、強固な先入観を打ち砕き、かくも非情な出来事に対して、過剰なまでの感情的反響から事実がゆがめられるのを防ぐことができるだろう。

そこで、ここではショアーを三段階に分けて詳細に再分析してみたいと思う。第一

段階は一九三三年から一九三九年までの――第三帝国〔ナチス・ドイツ時代の国名〕におけるユダヤ人の人種差別から移住まで。第二段階は一九三九年から一九四一年までの――ゲットー化から「最終的解決＝ユダヤ人絶滅政策」までのプロセス。第三段階は一九四一年から一九四五年までの――撲滅の実施、である。

第三帝国における迫害のシステム

ユダヤ人迫害の第一段階と言えるのは一九三三年から一九三九年までで、対象となったのはおもにドイツ第三帝国内のユダヤ人である。

この期間中、ナチスの政策の目的はユダヤ人を移住させることで、当初の反ユダヤ主義行動への移行から、それが政治的イデオロギーと紙一重になるまでになる。ヒトラーは、国際世論の圧力に抑えられ、まずは段階を踏んで事を行う。一九三三年四月に火ぶたが切られた最初のユダヤ人店舗ボイコット・キャンペーン〔ドイツ国民の内部ではさしたる反応を引きおこさず、外国の反応もさほどではなかった〕は、職業の領域を狙われた国内のユダヤ人共同体に初めて本格的な打撃を与えた。

一九三三年四月七日の新公職法〔公職追放令〕は、初めて「非アーリア系」を法的に定義したものだ――非アーリア人、とくにユダヤ人の両親または祖父母から生まれた者は誰であれ――。これによって、祖父母のひとりだけでも非アーリア人の個人は

「非アーリア人」と定義される。別名「アーリア条項」で知られるこの定義は、ユダヤ人とジプシーが次々と受けることになる迫害の出発点になる。

この法令をもとに、ドイツのユダヤ人共同体内部で、社会や職業のさまざまな分野を狙って多くの処分が実行される。反ユダヤの範囲は、いちばん最初は法曹界、次いで医師、教員、教授（非アーリア系の学生は全体の五パーセントの割当て）と広がって、農業従事者、ジャーナリズム、さらにはスポーツ界（五月二十四日に発令されたスポーツ複合体のアーリア化法）まで及ぶ。

その後は一時期やや平穏だったものの、一九三五年になって再び反ユダヤを宣伝する激しいキャンペーンが実施される。その最高潮が、ドイツ人の血統と名誉を擁護する法律と、第三帝国の市民権に関する法律の公布で、後者はニュルンベルク法の名でよく知られている。こうして歴史上初めて、ユダヤ人は生物学的な根拠で他の住民と強制的に隔離されるのである。その結果、ユダヤ人はドイツの社会生活から無条件で排除されてしまう。一九三五年十一月十四日からは市民権（とくに投票権）を剝奪され、それまで特別な免除を受けていた公務員や大学教授、教員、医師、弁護士はすべて解雇される。異なる民族どうしの結婚と、その結婚から生まれた人を相手とする結婚は禁止され、さらに、ユダヤ人とアーリア人の性交渉は「人種侮辱罪」とみなされる。「純粋」なユダヤ人とみなされた約五十万二千人と、混血とみなされた二十五万人がこの法律に触れている。

第一段階（一九三三年から一九三九年）の枠内で、ナチスの反ユダヤ政策を具体化するうえで決定的な年が一九三八年であるのは間違いない。この年の四月二十六日、ユダヤ人は全財産を申告する命令を受け、それがきっかけとなってユダヤ系企業は組織的にアーリア系になり、移住希望者に致命的な打撃をもたらすことになる。一九三八年はまた、オーストリアが第三帝国の領土に「併合」された年でもある。ドイツで当初の五年間に公布された反ユダヤの基準はオーストリアでも自動的に適用された。こうしてオーストリアは、占領国においてナチスが公布した反ユダヤ政策を適用するテストケースとなる。また、ユダヤ人の難民問題を「解決」するためのさまざまな国際的試みが失敗に終わったのもこの年だ。国際連盟（一九二〇—一九四六年）が明らかに失敗したのに加え、問題解決のために七月に招集されたエヴィアン会議も見事に失敗している。どの国も、米国でさえ、迫害されたユダヤ人を受け入れられるとは表明しなかったからである。その前の移住割当ては、緩和されることなく続行されている。十一月九日にはユダヤ人虐殺の夜（一般に「水晶の夜」と言われ、このとき殺害されたユダヤ人は九十一人、破壊されたシナゴーグは百九十一、略奪の被害にあった店舗は七千五百軒）が勃発、ドイツ系ユダヤ人の物質と命への打撃が初めて現実のものとなる。この事件をきっかけに自発的な反ユダヤ行為は終わりを告げ、ドイツ国民全体が政権の反ユダヤ政策に平然と対応するという確信を官僚に与えることになる。そして、ユダヤ人虐殺から間をおかずに続くのが、大量検挙の新しい波である。

ユダヤ人は、一九三八年に初めて、ユダヤ人というだけで「強制収容所のシステム」に組み込まれる。ユダヤ人が収容所に拘禁される事実自体は新しいものではなかった。しかし、それまでは一般大衆が関与することではなかったのだ。

収容所のシステムが機能し始めたのは一九三三年、帝国議会の火事のあと。反政府勢力のあらゆる形態を抑圧する目的で、政権が一連の予防措置を採ったのだ。検挙された者たち（共産主義者、平和主義者、社会民主主義者、組合活動家、労働者組織で闘うユダヤ人、そして「非同盟」の教会関係者など）は「保護拘留」の対象となった。受刑者たちの拘置状況はとりわけ厳しく、暴力や不法な拷問を受け、なかには処刑された人もいた。しかし、拘留期間は人によって違い、多くの受刑者が数か月の拘留で釈放されている。

一九三四年、SS長官のハインリヒ・ヒムラーが収容所の全監督権を手にし、ナチスの強制収容所システムの大がかりな再編成に取り組む。一九三六年から一九三七年にかけて行われた組織内部の方向転換は二つのおもな要因に基づいている。一つは、国家元帥のヘルマン・ゲーリングによって定義された四か年計画の実施で、そのおもな目的はドイツの再軍備だった（理論上はヴェルサイユ条約で禁止されている）。次の戦争の勃発という可能性の観点から、計画ではSSが管理する工場で受刑者を労働力に使うことが打ち出された。もう一つの決定的な要因は、「保護拘留」の原則をもっと広く社会的な分野まで拡大することだった。つまり、国民共同体に「有害」と判断された人物すべてが対象で、普通犯、強制労働非協力者、伝染病患者（とくに性病）、娼婦、同性愛者、浮浪者、アルコール中毒者、精神病者、公共の秩序を乱す者（危険な運転手まで）など、すべて「反社会的」とみなされ、エホバの証人や、ジプシーも「国家の寄生虫」とされた。

一九三六年から、新たな分野の拘留者と反政権勢力を収容するために、五つの大規模な強制収容所が開設された。ザクセンハウゼン（一九三六年）、ブーヘンヴァルト（一九三七年）、フロッセンビュルク（一九三八年）、マウトハウゼン（一九三八年、オーストリアの併合後）、そして女性収容所のラーフェンスブリュック（一九三九年）である。収容人口が増えたことで、どの分野の収容者かを示す区別が必要になり、異なる色の三角形が取り入れられる。赤は政治犯、黒は反社会的分子、褐色はジプシー、紫はエホバの証人、ピンクは同性愛者、緑は普通犯、ブルーは無国籍者、黄色い三角形を二つ交差させたのがユダヤ人である。

この段階のあいだに死亡率が急増、ダッハウでは五パーセント、ブーヘンヴァルトでは九パーセントにもなっている。この死亡率は上昇し続け、戦争直前にはブーヘンヴァルトで十四パーセント近くになった。

ここで強調したいのは、ユダヤ人は、一九三八年以前は、ユダヤ人という肩書きだけでこの抑圧的なシステムに組み込まれていなかったことである。一九三三年から強制収容された多くのユダヤ人は、一般に別の分野に属する理由、つまり法体制で標的にされた人たち（おもに「反体制勢力」や「反社会的分子」）だった。しかし、ユダヤ人であるという事実が、SSの目には事態を悪化させる要素に映り、手荒な措置を正当化したのである。事実、この期間中に収容所で亡くなったユダヤ人の死亡率は五十パーセント近くになることもあった。

一九三八年十一月九日から、一斉検挙はユダヤ人民全体が対象になり、三万五千人が収容所のおもにブーヘンヴァルト、ザクセンハウゼン、ダッハウに拘留された。三か月もたたないうちに二百三十四人が殺され、これはその前の五年間を上回る数字である。しかし、大半は数か月で釈放されている。

戦争とユダヤ人の運命

一九三九年から一九四一年にかけての期間は、第二次世界大戦の勃発と重なり、ユダヤ人が迫害され、ヨーロッパから根絶される第二段階の様相を呈してくる。

一九三九年九月一日、ドイツ軍がポーランド領土を侵略する。人口二千七百万人のこの国には、三百二十万人のユダヤ人で構成される最大の共同体があった。ユダヤ人の占める割合は全人口の十二パーセント近く、都市人口の三十パーセント近くである。一九三九年八月にドイツとソ連の各外相（フォン・リッベントロップおよびモロトフ）によって締結された独ソ不可侵条約により、ポーランドは二つの強国で分配され、優れて豊かな部分がドイツのものになる。ドイツに管理された領土に多く住んでいたユダヤ人民は、ナチスの反ユダヤ政策に従わされることになる。領土で大規模な人口再編成が実施され、ソ連の領土にいたドイツ系民族は「本国」へ、代わりに「人種的」視点から危険な住民（おもにユダヤ人だが、「ドイツ化できない」とみなされたポーランド人も）がそこへ移住させられる。これは第三帝国「民族」の国境を千キロ近く広げることだった。こうしてこの計画では、ユダヤ民族を第三帝国から強制的に東へ移住させることで、ユダヤ人のいない第三帝国を創り出している。

ポーランド侵略に続く二か月間で、ドイツに占領された領土は二つの地区に分けられる。西側は第三帝国に併合され、中央部と東側は強制労働用の予備区となり、ドイツが管理する「ポーランド総督府」と呼ばれる。

SS特別部隊が軍が通過したあとを「一掃」するのに使われ、反権力に蜂起する恐れのあるポーランド人エリートの一部や、多くのユダヤ人を抹殺する。さらに、征服した地に新しい収容所が設置され、地方の知識人や、新たに設けられた部門、捕虜が収容される。この一環として、一九三九年九月二日にはダンツィヒ近くにシュトゥットホーフ強制収容所が開設され、一九四〇年四月にはカトヴィツェ近くにアウシュヴィッツ強制収容所が設置される。ユダヤ人に対する計画は、さらに東に移送して、都市のゲットーに再集結させて管理しやすくするというものだ。

一九四〇年半ばから、ポーランド系ユダヤ人のゲットー化が組織的に行われ（ウッチのようにジプシーの一部を含むところも）、これは併合地から始まってポーランド総督府までの全都市に及ぶ。しかし、ナチスの政策にとってゲットー化は一時的解決にすぎず、領土問題をもっと広くとらえ、そのためにナチスの官僚は「最終的解決＝ユダヤ人絶滅政策」を入念に作成しているところだった。

一九四一年　ショアー

第三段階は肉体の撲滅である。これは一九四一年、ソ連の侵略とともに始まった。侵略軍に続いてSSの特殊部隊が投入され、軍事介入した戦地（バルト海から白ロシア〔ベラルーシ〕まで徐々に広がる）にいるユダヤ民族を処刑する仕事を行っている。これらの殺戮「機動隊」は、とくに国防軍の一部と、SSの外援軍に徴集された地方兵の援助のおかげで、破壊的な行動を行うまでに至る。このときの犠牲者は百五十万人から百七十万人と言われている。ソ連領土でユダヤ人を処刑するために、ドイツ人は大量処刑を執行した。この場合、目的に達するにはこれがもっとも機能的に思われたのだ。しかし、ナチスが実行した死刑の方法はこれだけではなかった。

じつは戦争勃発直後、第三帝国内部できわめて大規模な秘密計画が実施されていた。目的はドイツ国民の純血を守ることだった。この計画は「T４作戦」という暗号で呼ばれ、精神的疾患者の抹殺を想定していた。計画は障害児に致死量の薬を注入して殺すことから始まった。次いで別の技術が研究された。それは瓶に入れた純度百パーセントの一酸化炭素ガスを吸入させるもので、特別に整備されたガス室付きの研究室で行われた。この作戦の犠牲者は八万人以上にのぼった。* 技術は再現され、一九三九年から一九四〇年にかけて、ポーランドのポメラニアや東プロイセンの精神病院やサナトリウムで入院患者を処分するのに使われた。一酸化炭素ガスを入れた細口大瓶がトラックに設置され、そのトラックが犠牲者を運んでガスが放出された。

一九四一年の夏から秋にかけて、ナチスの官僚はこの方法を適用して、占領ヨーロッパのユダヤ民族を計画的、科学的に処分する決断を下す。これは人類史上かつてないもっとも大きな死刑計画である。行政府はこの目的達成にもっとも適した作戦方法を明確にしなければならなかった。

九月、固定されたガス室での実験がミンスク地方で再開される。T４作戦で使われていた方法と比べて新しい点は、使用されたガスがエンジンの排気ガスで、管でガス室に再導入されたことである。

同時に、ガス・トラックの変形型がウクライナでテストされている。ガスを細口大瓶ではなくマフラーから直接導入するものだ。ガス・トラックは、ヘウム〔ポーランド東部の都市〕で十二月に行われた最初の大規模な死刑作戦で使われている。実験台になった犠牲者はウッチのゲットーと、ヴァルテラント帝国〔第三帝国に併合されたポーランドの西側部分〕の周辺地域から来たユダヤ人である。同じタイプの車は、ベオグラードのユダヤ人を殺すために、セルビアのゼムン収容所でほとんど同時に使われている。

ポーランド総督府（ソ連の侵略後、東ガリシアも含まれている）のユダヤ人の組織的な処刑は、一九四一年末から一九四二年初めにかけて行われている。ラインハルト作戦（SS保安部主任ラインハルト・ハイドリヒから取った名前。一九四二年五月、チェコのレジスタンスに暗殺される）と呼ばれた作戦は、ルブリン地区のオディロ・グロボクニク警察長官と、彼の協力者クリスティアン・ヴィルトに委ねられる。ちなみにヴィルトは、ポーランド総督府のユダヤ人処刑に加わった多くの公務員と同じように、その前はT4作戦に直接関わっていた。

この仕事を滞りなく行うため、鉄道の連結を考慮して三か所が選ばれ、死刑執行の組織と、エンジンの排気ガスを注入できる固定型ガス室が設置された。三か所とはべウジェツ（クラクフとリボフのあいだ）とソビボール（ルブリンの近く）、トレブリンカ（ワルシャワとビアリストックのあいだ）である。最初に機能した収容所はベウジェツで、一九四二年三月。次がソビボールで、四月から五月にかけて。最後がトレブリンカの七月である。

三つの収容所は同じ構造で構成され——一つの区画は居住用で、警備員や、犠牲者から盗んだ財産を回収するのが仕事の少数の囚人用。さらに鉄道ランプの周囲でユダヤ人を「荷卸し」するための区画。物をストックしておく小屋の区画。犠牲者が脱衣するための建物とスペース。犠牲者が強制的に通らされる有刺鉄線で囲まれた区画（チューブ）。チューブの先にある建物で、中にガス室とディーゼルエンジンが装備された部屋。そして最後が広大な墓穴のスペース。そこに当初遺体が捨てられ、後日、野外で焼かれる。

ラインハルト作戦では、三か所の収容所で百七十万人以上の犠牲者を出した。それに加えて、さまざまなゲットーで粛清が行われたときに殺されたユダヤ人や、総督府内部の強制労働収容所で殺されたユダヤ人もいる。

＊Ｔ４作戦は一九四一年の夏に中断される。この作戦を止めさせようとする激しい世論と、教会関係者の積極的な関与に屈した形だ。作戦に関与していた一部の公務員はさまざまな収容所に配備され、強制労働に不適格と判断された囚人を処刑する組織に加わった（この作戦は１４ｆ１３の暗号で呼ばれ

た)。

アウシュヴィッツ゠ビルケナウと「最終的解決」での役割

一九四〇年四月二十七日、ポーランドの上部シュレージエンの小さな村オシフィエンチムの、元は兵舎だったところに、アウシュヴィッツ強制収容所が設置された。第三帝国に併合されてまもなくの頃である。当初はポーランドの反体制派の強制収容所として創設されている。一九四〇年五月四日、SS攻撃隊長のルドルフ・ヘスが収容所の指揮官に任命される。

ナチスの収容所はどこもそうだが、ここにも衛生目的で焼却棟が設置され、疫病が伝播するのを防ぐために遺体が焼かれている。アウシュヴィッツの焼却棟を工事して引き渡したのはドイツの会社トップフ&ゼーネのエアフルト工場だ。一九四一年三月一日、ここを訪れたハインリヒ・ヒムラーは、三万人の捕虜の到着を見越して収容所の拡大を指示、より大きなドイツの化学工業グループ、イーゲー・ファルベン社に工事を頼む。このグループの新しい工場を隣村のドゥヴォリに建設するのに一万人の受刑者がたずさわっていた。

同じ年の夏から秋にかけて、アウシュヴィッツの管理局は東欧諸国で使われていたのに近い新しい処刑技術の実験を行った。九月初め、ソ連の捕虜六百人と、病気で労働に不適切と判断されたポーランドの囚人二百五十人がブロック十一の地下室に送られ、チクロンBガスで殺されている。このガスはこれまで小屋や衣類の消毒にのみ使われていたものだ。このチクロンBガスによる最初の大量ガス処刑実験をうけて、焼却棟Iの死体置き場がガス室に改造される。この「仮の」ガス室で散発的に処刑されたのが、ソ連の捕虜と労働不適切と判断された囚人（14f13作戦の枠内で）、そして初期の編成列車で来た上部シュレージエンからのユダヤ人である。

一九四一年九月末、基幹収容所から三キロのところに新たに大規模な収容所を建設する命令が下る。これがビルケナウ（アウシュヴィッツIIとも呼ばれる）で、当初は捕虜、とくにソ連兵のための収容所だった（捕虜収容所）。しかしわずか二か月後、ベルリンが有力工業グループにそそのかされ、第三帝国内のソ連兵捕虜を労働力として大規模に使う決定をする。この決定がビルケナウにとって決定的となる。というのも、ソ連兵捕虜が建設したにもかかわらず、主としてユダヤ人の収容所になるからである。この方向は一九四二年一月二十五日付けのヒムラーの指令によって確証される。それはソ連兵捕虜に代わってユダヤ人を送れというものだった。[*1]

一九四二年初めに開かれたヴァンゼー会議で、党の有力者たちにヨーロッパのユダヤ人撲滅計画が提示された。計画では労働不適格とみなされたユダヤ人（定義は非常に曖昧で、住民の大半が含まれる）を収容所に強制収容して直ちに処刑することと、強制労働につかされた少数派を死に至るまで搾取することが想定されていた。

アウシュヴィッツ＝ビルケナウは、地理的に中央に位置し（とくにヨーロッパの主要な鉄道が交差する重要分岐点）、処刑活動の拡張に向けて対応できる構造だったことから、ユダヤ民族を根絶に追いこむうえで決定的な役割をになった。

一九四二年三月中に、ラインハルト作戦が開始されてベウジェツで最初のガス殺が実行されると、ビルケナウ（建設中）周辺の森にあった小さな農家一軒が改造され、中に二個のガス室が作られる。六月には、百メートルほど先にあった小さな家が今度は四部屋のガス室に改造される。これらはバンカーI、バンカーIIと呼ばれる（囚人は「赤い家」、「白い家」と呼んでいた）。二つの家の近くに木造の小屋が建てられ、死に向かう犠牲者たちの脱衣場として使われる。死を選ばれたユダヤ人は、鉄道のランプで降ろされたあと短時間のうちにバンカーでガス殺されている。このユーデン・ランプは、オシフィエンチムの貨物駅の近くにあり、以降、ユダヤ人の編成列車のために独占的に使われるようになる。列車が到着すると「最初の選別」が行われ、ここで収容所に残って搾取されるごく少数のユダヤ人と、そのままガス室に送られる大多数（八十パーセント以上）のユダヤ人が分けられる。

バンカーでガスで殺されたあとの遺体は、近くに掘られた共同の墓穴に埋められる。

九月以降、墓穴の容量を増やし、疫病を防ぐために、遺体は組織的に焼かれている。犠牲者の物品や衣類は、収容所の特別区に送られて選別されている。ここはカナダIと呼ばれ、当初はアウシュヴィッツIとビルケナウのあいだにあった。収容所に残るために選ばれたユダヤ人は別の手続きを受け、サウナという名の建物に送られて、登録や消毒など一連の手続きを受ける。登録して髪と体毛を剃られ、シャワー、左前腕への番号の入れ墨（囚人に入れ墨を入れさせたのはアウシュヴィッツ収容所のみ）などである。そのあと囚人たちはまず「検疫収容所」に送られ、それから二か所に分かれて——BIaは女性棟、BIbは男性棟——収容所に組み入れられ、それぞれ強制労働についている。

一九四二年、周辺のドイツ企業に囚人の労働を「貸す」動きが広がり、工場近くに多くの準収容所が創設されて、囚人たちはその工事に無慈悲にこき使われるまでになる。こうして七月には、イーゲー・ファルベン社のブナ工場の前にモノヴィッツ収容所（後にアウシュヴィッツIIIになる）が設置されている。アウシュヴィッツの施設全体のなかで、囚人たちが生き延びる条件はひどいものである。衛生面と食糧の惨憺たる状況、絶えることのない虐待、人間性を無視した労働時間。「選別」は定期的に行われ、労働を続けるのに身体がもたなくなった者をふるい落とし、「無用な食い口」を収容所からはじき出している。

一九四三年、ビルケナウ収容所が拡張され、これまでで最大の区画BⅡが開設される。この新しい区画はさらにいくつかの部門に分けられ（同じく「収容所」と呼ばれる）、それぞれ有刺鉄線で隔てられる。こうしてBⅡaは男性の検疫収容所となり、BⅡbはテレジエンシュタットから強制収容されたユダヤ人家族の収容所[*2]、BⅡcは一九四四年はおもにハンガリーから強制収容されたユダヤ人女性の通過収容所、BⅡdは男性の収容所、BⅡeはロマとシンティのジプシー家族のための収容所[*3]、BⅡfは男性用の病院になる。そしてBⅠ区画全体が女性の収容所に改装されている。二か所のバンカーのガス殺戮能力は、西ヨーロッパじゅうから強制収容されてくる大量の編成列車を前に早くも容量不足となる。そこでガスによる殺戮と遺体の処理を一緒に行うために四つの大施設が建設され、これらはすべて同じ構造で焼却棟と呼ばれる。焼却棟Ⅱ、Ⅲ、Ⅳ、Ⅴは一九四三年三月十四日から六月二十五日にかけて稼動。人間が作った処刑複合施設としては最大のものになる。

焼却棟ⅡとⅢは、収容所のBⅠとBⅡの先に向かい合って同じに建てられ、建物の中庭には電流の流れる有刺鉄線が張りめぐらされた。一九四四年の夏、高さ二十メートルの煙突のついた構造を隠すため、木の幹で柵が設けられる。建物は地下と一階からなり、それプラス、木組みの下の部分が一九四四年の夏から特殊任務部隊の男たちの住いとなる。「特殊任務」とはガス室での仕事である。地下は犠牲者を処分するための構造で、入り口に脱衣場があって（長さ五十メートル）、腰掛けと番号の付いた衣類掛けが整備され、長さ三十メートル、幅七メートルのガス室が建物と直角に置かれている。ここに千五百人以上を収容できた。唯一の開口部は鋼鉄張りの戸（上部に格子付きのガラスの小窓）と、天井に設けられた四つの開口部で、普段は重いセメントの仕切り板で閉鎖されたうえ、金属の格子の支柱で保護され、そこからシアン化水素酸（チクロンB）が注入され、空気との接触によってガスを含んだ細かな結晶状になって拡散したのである。換気装置が素早く作動してガス室の空気を掃除、「特別処刑」が実行されるごとに、その後の部屋を特殊任務部隊がきれいにした。脱衣室とガス室のあいだに広間のようなスペースがあり、ここで死体の髪が切られ、金歯や義歯などが抜かれ、回収されて第三帝国内に送られた。*4 この作業が終わると、死体はリフトに乗せられ、一階にある焼却炉まで運ばれた。長さ三十メートルのこの部屋には一列に五個の焼却炉が並び、一個の炉に死体を火葬する窯《かまど》が三個入っていた。*5 一階の他の部屋は死体置き場や、焼却炉に配備された警備、そして特殊任務部隊の男たちの部屋になっていた。*6

焼却棟ⅣとⅤは収容所の別の場所、BⅡの北の端にあった。この二つも左右対称に向き合う形で建てられている。前の二つと違うのは、ガス室が焼却炉と同じ一階にあったことだ。これらには建物の低い部分にガス室が三つあり、十七メートルの煙突が二本立っていた。ガス室の規模はそれぞれ違うが、全体で千二百人を収容する能力があった。ガス室と焼却炉のあいだの部屋は、交互に脱衣室と死体置き場に使われた。大規模な焼却棟が稼動し始めた時点で、ナチスはバンカーIを解体、バンカーIIの稼動を一時的に停止した。

同年十一月、収容所長のルドルフ・ヘスはベルリンに呼ばれ、代わってアルトゥール・リーベヘンシェルが任命された。それを機にアウシュヴィッツの複合施設は三つの管理体制に分けられる。アウシュヴィッツIと、アウシュヴィッツII（ビルケナウ）、アウシュヴィッツIII（全準収容所を含むモノヴィッツ）である。一九四三年末と、一九四四年初めに、ビルケナウに大規模なカナダIIと、新たな収容者のための登録と衣類の消毒を行う大規模なサウナが建てられる。また新たに建設中のBIII（囚人たちにメキシコと呼ばれる）は、悲惨な衛生状態で、ハンガリーから強制収容されたユダヤ人女性を受け入れ、女性収容所としてしばらく機能したあと、彼女たちは第三帝国内の収容所に送られて外部の労働につくか、ガス室に送られた。

一九四四年五月中旬から七月中旬にかけ、終戦が近づいたのを察知したナチスは、それまで大量抹殺を比較的免れていたハンガリーのユダヤ人共同体を大部分ビルケナウに強制収容する計画に着手する。短期間に四万人近くの抹殺を成功させるため、収容所を整備する必要にせまられ、ルドルフ・ヘスが再び呼ばれて「ハンガリー作戦」

の監督に当たる。鉄道の線路が収容所内部まで延長され、選別にかかる時間を合理化し、犠牲者と死を隔てる道の短縮化がはかられる。ハンガリー系ユダヤ人の編成列車がヨーロッパじゅうから到着しているときに、その直後、ウッチのゲットーの最後のユダヤ人（これまで手つかずだった唯一のゲットー）が標的になり、彼らは一九四四年の夏にビルケナウに着く。ここでビルケナウの処刑能力は最大限に達し、管理当局は大量の到着に備え、バンカーIIの再稼動（解体されていたので脱衣小屋はなく、二つのガス室のみ）と、さらに四つの大施設の再稼動を決断するまでになる。それとは別に、焼却棟Vの中庭に五個の火葬用墓穴が掘られ、大量の火葬には数が足りなくなった焼却炉の不備をしのぐ。

また、収容所長が人に読まれると困る資料、とくにビルケナウに到着した編成列車を書きとめたリストなどを焼却する命令を出し始めたのも、一九四四年の夏の終わりである。ガス殺戮作戦の中止と、焼却棟の組織的な解体が始まったのは、一九四四年十月の特殊任務部隊の反乱と、十一月に最後の列車が到着したあとである。焼却棟の解体には、おもに女性で編成された集団が配備された（焼却棟IVは特殊任務部隊の反乱後、一部破壊されていた）。

最後の全体点呼が行われたのは一九四五年一月十七日、まだ収容所にいた四人の数は六万七千人近く、ほとんどがユダヤ人だった。翌日、収容所からの撤退が始まる。

五万八千人以上の囚人が、徒歩または車両で、雪と凍える寒さのなか、第三帝国内の他の収容所へ向かった。

そのうち、おもに病人の九千人はアウシュヴィッツに留まり、一九四五年一月二十七日にソ連軍に解放されている。収容所配備の警備兵はそれでも、囚人たちが解放される前に七百人を殺す時間があった。

＊1　ソ連兵捕虜の第一弾がアウシュヴィッツに到着し始めたのは一九四一年十月七日から。一か月もしないうちに一万人近くのソ連兵捕虜が強制収容された。おもにシュレージエンのラムスドルフ捕虜収容所から来た捕虜である。うち千人が短期間のあいだに銃殺またはガスで殺されている。その他の捕虜はビルケナウの建設工事に使われた。十一月には三千七百人近くが、一九四二年二月には八千三百人以上が亡くなっている。工事が終わる頃には一万人のうちわずか百人ほどしか生きていなかった。
＊2　九月から、テレジエンシュタットのゲットー収容所からのユダヤ人は、到着時の選別なしに収容所に組み入れられる。収容所内では家族の中核は守られていたのだが、ほとんどは一九四四年に実行された二回の悲惨な作戦行動で抹殺されている。
＊3　ここへジプシーが送られてきたのは、一九四二年十二月十六日付けのヒムラーの政令が公布されたあとである。彼らは最初の選別は受けず、家族で残る。ジプシーに対する最初の作戦が実行されたのは一九四三年三月二十二日、チフスの疑いで千七百人が抹殺されている。二回目の作戦が行われたのは五月二十五日、このときは五百人以上がガスで殺されている。一年後の一九四四年五月十六日、この区画の整理が決定され、ナチスは周りを取り囲んで全員をガス室送りにしようとする。しかし、それを知った大人が激しくSSに反抗。結局、八月二日に再び行われた作戦で二千八百九十七人が焼却棟Vのガス室に送られている。

＊4　この作業は焼却炉でも行われることがあった。髪はドイツの布工場に売られ、金歯は焼却棟Ⅲにある小部屋で溶かされたあと、ベルリンに送られた。
＊5　焼却棟Ⅱにはこれとは別に、ゴミの焼却や犠牲者の所有物、個人的資料や写真などを廃棄する炉があった。
＊6　焼却棟Ⅱには解剖室もあり、SS医師のヨーゼフ・メンゲレと、助手として特殊任務部隊に任命されたユダヤ人の著名な医師ミクロス・ニーシュリが使用した。

ビルケナウの特殊任務部隊

一般に、ナチスの収容所すべてに焼却炉が設置されていた。死ぬか殺されるかした囚人の死体を「衛生」上の理由で焼くためである。基幹収容所（アウシュヴィッツⅠ）もこの例にもれず、一九四〇年の夏の終わりに元弾薬置き場がそのために改造され、三人の囚人が火葬人の仕事に任命されている。

当初の焼却炉には二個の窯《かまど》があり、一日に百体を焼いていた。一九四一年二月に第二の炉が加わり、焼却能力は倍増する。それから一九四二年五月に第三の炉が設置され、一日の焼却能力は三百四十人に達する。

一九四一年の秋に最初の根絶実験が行われたとき、もっと大人数の部隊を新たに編成する必要のあることが明らかになった。二十人の囚人からなるこのグループは、看守の名を取って「フィシュル部隊」と呼ばれた。

一九四二年の春、ビルケナウでユダヤ人の組織的な抹殺が始まると、新たなユダヤ人グループが必要になり、収容所に到着した強制収容者のなかから若くて、まだ健康な者が選ばれた。選ばれた男たちは恐ろしい仕事をするよう強制され、ガスで殺されたばかりの、ときには自分の家族の死体を引き出し、近くに掘られた墓穴まで引っぱり、そして最後に次の「特別処刑」に備えてガス室を掃除した。このグループは、バンカーIでの処刑作戦に使われた。当初は七十人近くで構成され、一部は死体の処理につき（特殊任務部隊）、もう一部は墓穴を掘る仕事（埋葬部隊）にたずさわった。一九四二年九月から、二つのグループは統合されて特殊任務部隊という一つの名になった。最初の数か月間、特殊任務部隊のメンバーのほとんどは、何回か「仕事」をしたあと、基幹収容所で心臓にフェノールを注射されて始末されている。

一九四二年四月末、SS中尉フランツ・ヘスラーを指揮官に、バンカーIで仕事についていた五十人と、墓穴を掘っていた百五十人で構成された新チームが作られる。バンカーIIの稼動にともない、特殊任務部隊の人員は補強され、一九四二年夏には四百人にまでなっていた。部隊の男たちはBIb区画（この時期はまだ男性用収容所）のブロック二に寝泊りし、その小屋は有刺鉄線を張った壁で他の部屋と仕切られていた。

一九四二年九月、ヒムラーの命令でバンカーの墓穴を再び開ける作戦が始まった。

この作戦は墓穴から死体を掘り出し、特殊な鉄格子の上で焼くものだった。[*1] 特殊任務部隊の三百人が強制的にこの作戦に当たらせられた。このときから、バンカーでガスで殺された犠牲者の遺体は埋葬されなくなり、天井のない墓穴で組織的に焼かれるようになった。

特殊任務部隊のほとんどは、虐殺の痕跡を消したあと（十万七千人近くの身体が焼かれた）、基幹収容所のガス室で抹殺された。[*2] 一九四二年十二月九日、新たに特殊任務部隊が作られ、その責任者が曹長オットー・モル。この男は、特殊任務部隊を生き残った何人かの話から察するに、収容所の歴史上、最悪の犯罪人のひとりである。

一九四三年二月、ガス室と焼却炉を一緒にした新しい建物の開設を間近にひかえ、アウシュヴィッツ焼却棟Ⅰの焼却炉を使用するに当たって新たに囚人グループが結成される。新しいグループは三月十三日、ビルケナウで仕事を始め、焼却棟Ⅲで殺されたクラクフのユダヤ人千四百九十二人の最初の集団を焼いている。

一九四三年七月中旬頃、収容所の男性は全員BⅠb区画からBⅡd区画へ移動させられる。特殊任務部隊も新しい男性収容所で住居を与えられる。もっと正確にいうとブロック十三で、他の部屋とは有刺鉄線を張りめぐらした壁で仕切られていた。

四か所の新しい大規模施設の使用にともない、特殊任務部隊に配備された男の数は増加、SS中尉ペーター・ヴォス[*3]の監督下で四百人が結集されるまでになる。部隊は四つのグループに分割され、隊員は夜と昼のチームに分けられた。通常のチームに特別解体部隊が加わり、墓穴を平地に戻し、バンカーⅠの解体に当たった。

一九四四年二月、特殊任務部隊の五人が脱走を企てたあと、ビルケナウへ到着する列車の波が減速したとの理由で、特殊任務部隊は半分に削減された。こうして二百人の隊員がマイダネク収容所に送られて処分された。しかしそれもつかの間、一九四四年五月にハンガリーから大量のユダヤ人が到着したのを受け、特殊任務部隊は再び増員され、八月には八百七十四人に達している。ガスによる殺戮が最高潮を迎えたのを受け、処刑能力を高めるためにバンカーⅡが再稼動する。焼却棟Ⅴの近くには死体焼却のペースを維持するため、共同墓穴が掘られている。

特殊任務部隊ですでに働いていたポーランド系ユダヤ人に加え、相当数のハンガリー系ユダヤ人（二百五十人）とギリシャ系ユダヤ人（百人近く。この中にシュロモ・ヴェネツィアと兄がいた）が焼却棟での仕事に組み入れられる。

ヘスが「ハンガリー作戦」の監督役にモルを再び呼び寄せる。ハンガリー系ユダヤ人の第一弾が到着して二週間後、モルは特殊任務部隊の宿舎を移動させ、直接焼却棟の中で寝るように命令する（ⅡとⅢは屋根の木組みの下で、Ⅳでは脱衣室で）。

この時期、収容所の処刑能力は最大限に達している。十二時間労働の二交替制で強制的にやらされた「汚い仕事」の流れ作業は、脱衣室で犠牲者につきそって、待ち受ける悲惨な運命を感づかれないようにできるだけ早く服を脱ぐ助けをし、SSが犠牲者をガスで殺しているあいだに彼らの衣類を集め、ガス室から遺体を出し、義歯と金歯を抜き、女性の髪を切り、これらの遺体を焼却炉または野外の共同墓穴で焼き、遺骨を砕いて遺灰をヴィスワ川に捨て、ガス室を掃除して壁を石灰で白くし、次の「処理」に備えることだった。どんな場合も、特殊任務部隊の隊員がガス殺の行為に加わることはなかった。

九月二十三日、併合領土内でまだ生きていた最後のユダヤ人の大集団、ウッチにあったゲットーのユダヤ人の抹殺後、特殊任務部隊の組織的な削減が始まる。バンカーと焼却棟の共同墓穴の仕事に使われていた、おもにハンガリー系ユダヤ人二百人がカナダIでガス室送りになる。[*4]

特殊任務部隊のメンバーは、大量抹殺を終わりにするために何度か集団での反乱を試みた。定期的に、基幹収容所内に組織網を築いていた「政治的」レジスタンス活動家に援助を求めたのだが、具体的な結果は得られずに終わった。レジスタンスの行動は脱走の試みに限られ、それも普通は失敗している。また、焼却棟の中庭に隠された情報を集め、それを次世代に伝えて忘れられないようにするぐらいだった。[*5]

そんな状況でも反乱は準備された。一九四四年十月七日、絶望的な条件で決行された反乱は、それでも焼却棟Ⅳを使用不可能に追いこんでいる。結末は、関わった人間のほとんど全員の抹殺で、二日間で四百五十二人の特殊任務部隊員が殺されている。生き残ったのは、看守のレムケとドイツ人の警備に直ちに反乱を阻止された焼却棟Ⅲの男たちのみだった。シュロモ・ヴェネツィアはこの男たちのひとりだった。

十月十日、特殊任務部隊には百九十八人の囚人しか残っていなかった（焼却棟Ⅲに百五十四人、Ⅴに四十四人）。そのなかの百七十人が男性収容所のブロック十三に寝泊りしていた。

ビルケナウへ到着する列車はだんだんとなくなり、十一月二十六日、最後の特殊任務部隊の削減が行われる。三十人が焼却棟Ⅴの最後の火葬に配備され、七十人が焼却棟施設の解体作戦に当たるよう指名され、残りは消えている。

一九四五年一月十八日、アウシュヴィッツ複合施設からの総撤退の際、まだ生きていた特殊任務部隊（うちギリシャ人が二十五人）の大部分は、第三帝国内に存続する収容所に向けて撤退する収容者の行列に紛れこむのに成功する。こうして彼らは確実な死から逃れることができている。そのうちの何人か、一般にポーランド系のユダヤ人は、のちに「死の行進」と呼ばれる行進中に逃亡に成功している。

一九四五年五月、ドイツの降伏で戦争が終わったとき、ビルケナウの特殊任務部隊で生き残っていたのはわずか九十人ほどだった。他で生き残った二十人ほども、「皆殺し」の証人だった。これはバンカーの共同墓穴の近くで働いていた囚人たちで（穴を掘る仕事や電気技師など）、その後、他の労働部隊に入りこんで助かった者たちである。ビルケナウの特殊任務部隊とラインハルト作戦の収容所で生き残った何人かは、さまざまなナチスの犯罪訴訟で証言したが、その内容は一般にはあまり知られていない。このシュロモ・ヴェネツィアの証言は、ユダヤ人根絶の仕組みを理解するうえで非常に重要なものである。

＊1　命令は、ヒムラーが七月十七日と十八日にアウシュヴィッツを訪れてわずか後、ヒムラー本人が直接発令した。九月十六日、ヘス司令官はSSのヘスラーとデジャコを伴ってヘウム収容所を訪れ、ポール・ブローベルが死体を焼くために使っていた方法を研究する。ブローベルがたずさわっていた仕事は、ポーランドやソ連領土で1005作戦の名で行われた大量虐殺の痕跡を消すことだった。

＊2　この作戦はアウシュヴィッツの焼却棟Iで行われた最後のガスによる殺戮である。火葬の設備はまだ数か月間機能し続けたのだが、今度はそれも解体された。

＊3　バンカーの稼動が中止になったあと、モルはペーター・ヴォスに後任を譲り、ブレシハンマーの準収容所長に任命された。

＊4　ナチスがつけていた収容所の労働部隊のリストによると、八月三十日には八百七十四人が働いていたのが、十月三日には六百六十一人になっている。

＊5　手書きの情報のいくつかは一九四五年三月から一九八〇年十月にかけて発見された。それらはまとめてアウシュヴィッツ博物館から出版され、多くの言語に翻訳されている。

ギリシャのイタリア系ユダヤ人――大失策の小史

ウンベルト・ジェンティローニ（テラモ大学〔イタリア〕現代史教授）

シュロモ・ヴェネツィアの歴史は、我われの歴史、第二次世界大戦で多くの死者を出したヨーロッパの歴史の一部である。ギリシャのイタリア系ユダヤ人の証言をより理解するために、シュロモが生きた歴史的な背景に再びもぐり込むことが必要だろう。一九二二年十月二十八日、イタリアでムッソリーニが行ったローマ進軍が、いわゆる「ファシスト政権」の幕開けとなる。それからまさに十八年後の一九四〇年十月二十八日、ギリシャ野外作戦が始まる。イタリアは領土拡張計画に結びつけ、政権設立のための行動としてアテネへ進軍しようとしたのである。それに対し、国民が結集して攻撃に立ち向かったこの日は、現在もなおギリシャでは国民の祝日になっている。ヨーロッパの地中海沿岸地方を占領するファシスト政権の戦略的な目的は、領土の拡張と強国の地位を同時に結びつけようとすることである。ファシズムはつねに地中海を必要かつ不可欠な場所として要求し、ラテン語で「我らの海」と称えるまでになる。この力学のなかで、地中海を制覇する「帝国計画」を推進し、ローマ帝国の過去と領土拡張主義を言葉巧みに合致させ、おもに反英国の手法で列強の力関係を分配し直そうとしたのである。このように、イタリアの植民地帝国主義は好戦主義と人種差別主義に根拠を置き、とくに「イタリア領東アフリカ」で表面化した。しかしながら、これらの要求は単にイタリアの国内事情だけでなく、第二次世界大戦の国際的な枠のなかに深く根を下ろしている。

すべては一九四〇年六月十日、イタリアがナチス・ドイツ側について戦争に突入したときに始まる。ファシズムが地中海制覇に向かったのは、独伊同盟で取り決めた一つの重要な要素である。イタリアは劣勢で敗北したにもかかわらず、同盟国ドイツの決定的な支援のおかげで、国際的な威光を少なくとも一部は守ることができた。それゆえ、ギリシャ野外作戦とその惨憺たる結末が、イタリア軍を決定的に方向転換させ、支配を目ざす政権の主張が終わりを告げたと断言できるだろう。イタリアのファシストは、第三帝国の好戦的な戦略と選択に、下っ端の同盟国として強制的に従う役は全うできないと、自ら認めたのである。

戦争に突入する前の一九三九年四月にも、イタリアはアルバニアに進駐して占領し始めていた。このときからギリシャへの侵略計画が念入りに推考されていた。地中海でのイタリアの野外作戦が決行される日、ヒトラーとムッソリーニはフィレンツェで会談して共同交戦国としての相互の責任について話し合っている。それでも、イタリアは地中海に接近することなどおくびにも出していない。ギリシャ侵略は秘密にしておくべきだったからである。当時のイタリアの新聞「コリエーレ・デラ・セラ」は大げさな見出しで強調した。

「新ヨーロッパの運命は熟している。英国の不愉快な大陸支配に対する分離戦争だ。フィレンツェでの二者会談後、世界への思惑が深まる」(一九四〇年十月二十九日号)。

当初、戦争は短期決戦で勝利する様相を呈し、イギリスが和平交渉に応じて敗戦するのがきわめて妥当に思われた。一九四〇年十月十二日、ドイツがルーマニアに侵攻すると、ムッソリーニは行動に出るときと判断、「奇襲」と並行戦争という二重の行動指針で戦争に挑む。この戦略は、同じ敵に対してナチスの戦略に従うと同時に、軍事的、外交的に独自のやり方で行動できるものだった。早い勝利を確信したムッソリーニは、閣議で「我われはギリシャを早急に打ち破る態勢でなければならない。もしそうでないならば、私はイタリア人でいることをやめる」と宣言するはずだった。

しかし、彼の軍事計画はギリシャ軍の抵抗にあい、早々と阻止された。この戦争は四段階に分けることができる。一つは一九四〇年十月二十八日の戦争突入から、十一月十三日のイタリアの襲撃失敗(十一月一日にイタリアがテッサロニキを爆撃したあと)まで。二つ目はギリシャ軍が逆襲に転じた十一月半ばから十二月末まで。三つ目は両軍の状況が停滞し、戦術地点が強化された一九四〇年十二月末から一九四一年三月二十六日のあいだ。そして四つ目が一九四一年三月二十七日から四月二十三日にかけてのドイツ国防軍の介入と攻撃で、ギリシャが降伏して休戦に持ちこんだ段階である。

ギリシャの敗北にもかかわらず、軍事的な結果はイタリアにとって大失敗だったと言っていい。準備も情報も不足していたイタリア軍はパパゴス将軍率いるギリシャ軍の反撃になす術《すべ》もなかった。ムッソリーニはドイツ軍の介入を受け入れざるをえず、ヒトラーに軍事作戦のまずさを面と向かって非難されることになる。ドイツ国防軍の勝利は電撃的だった。翌日から休戦条約が締結され、ウィーンでの調印でギリシャの運命が決まる。領土は三つの占領区、ドイツとイタリア、ブルガリアに分割されたのである。最初のドイツの管理下になったのは、クレタ島のかなりの部分、ピレウス（アテネの港）、テッサロニキを含むマケドニアの一部、西トラキア（ギリシャの北東端）の一部からトルコの国境まで、そしてレムノス島とキオス島。

ドイツ占領区の北部にある町テッサロニキには、ギリシャ系ユダヤ人のおもな共同体があり、五万六千人以上のユダヤ人がいる。一九四一年十月から、ヒムラーはテッサロニキのユダヤ民族に対して働きかける許可を得る。しかし、実行に移すにはしばらく時間がかかる。一九四二年七月十三日、強制労働が導入され、六千から七千人のユダヤ人がマラリアのはびこる地区やクロム鉱で強制的に働かされる。そして多くのユダヤ人がイタリアの占領区への避難を試みる。当初、イタリア国籍のユダヤ人は強制労働を免れていたのだが、一九四三年春、当局は彼らをイタリア地区に移送させる。一九四三年一月、ロルフ・ギュンターがSS中佐アドルフ・アイヒマンの代理でテッサロニキを訪問、そのあとディーター・ヴィスリツェニーとアロイス・ブルンナー（やはりアイヒマンの部下）が現地を訪れて反ユダヤ政策を実施、あっという間に形になる。一九四三年二月二十五日から、すべてのユダヤ人（外国籍は除く）とユダヤ人の店舗を狙う措置が導入される。居住区としてのゲットーが設けられ、詳細な計画に従っていくつかの区分に分割される。駅近くのバロン・ヒルシュ地区は短期間で強制収容の待合場になり、最後の旅に向かう前のユダヤ人がここに集結する。一九四三年三月二十日、最初の編成列車がテッサロニキを出発、ベオグラードとウィーンを経由してアウシュヴィッツ＝ビルケナウに到着する。以降、十八の編成列車が続き、最後が一九四三年八月十八日。全部で四万六千人がテッサロニキからアウシュヴィッツへ強制収容されている。

＊

イタリアが管理した占領区はもっと広く、テッサリア、ギリシャ中央部、アッティカ、コルフ島、イオニア諸島、クレタ島の一部である。ロードス島とドデカネス諸島は、一九一一年―一九一二年のリビアとの戦争以来、イタリアに属していた。この区域には一万四千人近くのユダヤ人が住み、ナチスの要求にもかかわらず、ある程度守られていた。イタリアで実施されていた反ユダヤ法は、ギリシャの占領区では一九四三年の夏まで適用が限られていた。事態が急変したのはファシスト政権の崩壊後である。

三つ目の占領区はドイツと大論争をまき起こした同盟国、ブルガリアに割り当てられている。ギリシャの敵国ブルガリアは、戦争には参加しなかったものの、それでも肥沃な領土を受け取っている。西トラキアとマケドニアの一部、エーゲ海に直接出られるルートである。一九四一年三月一日に枢軸国に加わったブルガリアは、同盟国と衛星国の中間にある国になる。ソ連攻撃には参戦せず（ソ連とは一九四四年まで外交関係を維持）、バルカン諸国での予備軍に留まっている。ブルガリアには五千人近くのユダヤ人がいた。それが新たな領土の征服で一万五千人以上になる。ブルガリア系ユダヤ人は差別や迫害を繰り返し受けたが、強制収容はされていない。一九四四年八月三十一日、ソフィアで反ユダヤ法が廃止される。一方、ギリシャで分割されていた占領区では事態は違う形で推移、ブルガリア当局はナチスの指令を適用して強硬な手段を用い、ユダヤ人をトレブリンカ絶滅収容所に強制収容している。こうして一万一千人のユダヤ人が抹殺されている。そのうち、トラキアからが四千人（最初の編成列車は一九四三年三月十八日にゴルナジュマヤを出発、ソフィアを経由して最後の目的地に着いている）、ピロト共同体から強制収容されたのは百五十八人、マケドニアからは七千人以上（一九四三年三月十一日に出発した最初の編成列車に続いて三回の輸送）である。

ドイツの占領によってギリシャの経済状況は惨憺たるものになった。食糧情況の悪化、農業生産物の組織的な買い占め、暴走インフレ、闇市の発展など。この影響がことのほか厳しくあらわれたのが一九四一年から一九四二年にかけての冬で、人口八百万人の国で一万六千人が死亡しているのだが、国は列強諸国の関心からは外れたままである。一九四一年六月のドイツ軍によるソ連侵攻と、同年十二月、真珠湾攻撃後に米国が参戦したことで戦場は拡大した。

ギリシャは苦しい低迷期にはまり込んでいるのだが、それも一九四三年の決定的な夏までである。事態が風雲急を告げ、きわめて重要な影響をとくにイタリアに与える。英米軍がシチリアの海岸に上陸、イタリアの首都への空襲が行われ、ムッソリーニとファシストの大評議会が失脚、それを受けてバドリオ元帥による一時的な政府が樹立され、そしてついに一九四三年九月八日、地中海域の同盟軍指揮官アイゼンハワー将軍と休戦条約が締結されたのである。このときイタリアは分割され、南部を監督した臨時政府と、北部のサローを拠点にムッソリーニが樹立したイタリア社会共和国に分かれ、後者はドイツ側について戦争を続けている。

ドイツ管理下に置かれた地域では、すべてにナチスの政策が、とくにユダヤ民族に対して義務づけられる。ギリシャでは、ドイツ国防軍がそれまでイタリアに管理されていた領土を数日で占拠する。イタリアが保護していたユダヤ人家族は、非常に短期間で、他の占領ヨーロッパのユダヤ人共同体と同じ運命に従わされる。一九四三年十月三日、SSと警察の責任者であるヴァルター・シーマナが、全ユダヤ人の人口調査を命じる。一九四四年三月、次々と一斉検挙が行われ、五百万人近くのユダヤ人が標的になる。二本の編成列車がアテネからアウシュヴィッツ(四月十一日)と、ベルゲン゠ベルゼンに向かう(五日後)。最後に強制収容されたのはギリシャの島々の住民で、六月にコルフ島から強制収容されたのは二千人以上、一九四四年八月中旬にはロードス島とコス島から二千人のユダヤ人が強制収容されている。

地域の犠牲者の正確な人数を確定するのはまだ難しい。いくつか疑問が残っているからだ。それでも六万五千人近くのユダヤ人が強制収容されたと考えられている。ドイツ占領区からアウシュヴィッツへ強制収容されたのは五万四千人、ブルガリア地区からは一万一千人が強制収容され、トレブリンカで殺されている。占領されたギリシャの地で亡くなっているのは二千五百人。そして一九四四年十月三日、イギリス軍がアテネへ侵攻して終結した戦争を生き延びたギリシャ系ユダヤ人は一万三千人である。

*編成列車がアウシュヴィッツに着いたのは、三月二十四日、二十五日、三十日、四月三日、九日、十日、十三日、十七日、十八日、二十二日、二十六日、二十八日、五月四日、七日、八日、十六日、六月八日、八月十三日、十八日。

ダヴィッド・オレールについて

本書で使われている複製画は、ダヴィッド・オレール作のものである。一九〇二年一月十九日、ワルシャワに生まれ、一九三七年にフランス国籍になったダヴィッド・オレールは、パリ派に属する画家でありポスターデザイナー。一九二〇年代と三〇年代のモンマルトルやモンパルナスで芸術家たち（マックス・エルンスト、モディリアーニなど）と交流があった。一九三九年に第一三四歩兵連隊に動員され、一九四〇年に失職、ヴィシー政権がユダヤ人に課した屈辱を味わう。一九四三年二月二十日にフランスの警察に逮捕され、一九四三年三月二日にパリの北東ドランシーからアウシュヴィッツ゠ビルケナウに強制収容される。拘留期間中を通してずっと特殊任務部隊に属し、登録番号は一〇六一四四だった。一九四五年一月十九日、ソ連軍の前進を前に収容所から撤退、「死の行進」に従ってエーベンゼーにたどり着き、一九四五年五月六日にアメリカ軍によって解放される。収容所から戻ると、デッサンや絵を通して恐怖の年月を証言し続ける。収容所で特殊な地位にいた彼の証言で、ナチスの根絶政策の機械のような仕組みが明らかになる。

ダヴィッド・オレールが亡くなったのは一九八五年八月二日、パリ近郊。

彼の代表作は、息子アレクサンドル・オレールによって、『ジェノサイドの遺産』として出版された（前書きはユダヤ人歴史家のセルジュ・クラースフェルト）。

訳者あとがき

欧米では二〇〇五年一月にアウシュヴィッツ解放六十周年を迎えたのを機に改めて、人類史上最大の惨劇を忘れてはならないと多くの関連本が出版されています。本書はそのなかの一冊、二〇〇七年一月にフランスで出版されるや読者のあいだで大きな感動を呼んでベストセラーとなり、現在世界十五か国以上で翻訳されている話題の本“*Sonderkommando; Dans l'enfer des chambres à gaz*”（原題訳『ゾンダーコマンド——ガス室の地獄のなかで』）Editions Albin Michel, 2007を日本語に翻訳したものです。

ゾンダーコマンドとはドイツ語で特殊任務部隊のこと。ナチスが行ったユダヤ人大量虐殺の核となる施設、アウシュヴィッツの焼却棟で、強制収容されてきたユダヤ人のなかから選ばれた体格のいい若者で編成され、同胞のユダヤ人をガス室に送り、そのあとガス室を空にして掃除し、犠牲者の遺体を焼き、遺灰を川に捨てる仕事を強制的にさせられていた部隊です。

ガス室の中を知り尽くす立場にあった特殊任務部隊員は、ナチスによって情報が外部に洩れないよう定期的に抹殺されていたのですが、わずかながら生き残った人もいて、著者のシュロモ・ヴェネツィアはそのひとりです。

では、どうしてシュロモ・ヴェネツィアは生き延びられたのでしょうか？　それは本を読んでいただくとして、本書は数多い類書のなかでも第一級の内容と言っていいと思います（特殊任務部隊の生き残りの証言では、一九七九年に出版されたフィリップ・ミュラー著の『アウシュヴィッツの証言――ガス室での三年間』〔未邦訳〕があります）。仕事柄、たくさんの原書を読みますが、これほど隠された史実の深部に触れて心が震えたことはありません。とにかく、できるだけ多くの方にぜひ読んでいただきたい本です。

まず、証人である著者が、記憶力のよさと公明正大なものの見方で、強制収容所で体験したことをすべて包み隠さず、いいことも悪いことも、自分の目で見たことだけを正直に語っていることに感動します。最終章に、専門家による詳細な歴史のノートがあるのも非常に参考になります。

インタビュー形式なので、最初は読むのに戸惑う方もいるかもしれません。私も初めて原書を手にした瞬間はそうでしたが、すぐにそんなことは忘れ、語られている内容に圧倒されながら、気がつくと夢中になって読みふけってしまいました。そして思ったのは、インタビュー形式だからこそ証言に独りよがりなところがなくなり、事実の重みのみが純粋に伝わってくるということです。また、自分からはとても言えないようなことも、質問されれば答えざるをえない著者の性格からでしょう、初めて語られていることもとても多いのです。たとえば、ガス室で見た光景——目が眼窩から飛びだした人、自分や他人の排泄物で汚れている人、身体じゅうが赤くなった人など——、脱走に失敗して殺された仲間の遺体が解体され、その前を見せしめに通らされた話、解放後、看守に対して復讐しようと思ったこと、などです。

こう書くと読むに堪えない悲惨な話ばかりのようですが、決してそんなことはありません。あまり自慢できる話ではありませんが、殺人や血の出るシーンは大の苦手で、映画で重要な場面でも下を向くか両手で目をふさいでしまう私が、この本だけは最後まで目をそらせず、細部までむさぼるように読んでしまっています。きっと著者が最後まで生き延びるのがわかっていることと、全体に人間味があふれ、どんな極限の状況に置かれても人には「生きようとする」強い力があることがひしひしと伝わってくるからだと思います。それにしても、著者の最後の言葉「焼却棟からは永遠に出られないのです」はやはり重いのですが。

著者のシュロモ・ヴェネツィアは一九二三年、ギリシャのテッサロニキ生まれのイタリア系ユダヤ人で、現在はイタリア在住。二十歳のときにアウシュヴィッツ＝ビルケナウに強制収容され、特殊任務部隊で地獄の体験をします。本来なら解放前に抹殺されるはずの運命を、奇跡的に逃れて生き延びた数少ない生存者――現在は十人に満たず――のひとりです。

しかし、彼が重い口を開いて証言を始めたのは、解放から四十七年も後の一九九二年。イタリアでユダヤ人排斥運動が再浮上し、ローマ市内の壁にナチスの逆卍の落書きが目立って増えてきたことがきっかけです。以降、アウシュヴィッツ゠ビルケナウで実際に行われていたことを広く伝えるのを使命に公演活動を始め、現地へも学生や研究者、政治家などとともに五十回近く訪れています。

その著者に直球の質問を投げかけ、心の底からの言葉を引き出すのに成功しているベアトリス・プラスキエは、一九八〇年生まれのフランス人女性で、ヨーロッパ政治を専門とする若き政治学者であり歴史学者。ポーランドの歴史に関する著書もあります。父のリシャール・プラスキエがフランスで最大のユダヤ人団体（CRIF）の会長を務めていることから、本書のインタビュアーという大役をになうことになったようです。

そして序文を書いているシモーヌ・ヴェイユは、フランスでは著名な女性政治家で、とくに一九七五年、ときの保健相として妊娠中絶を合法化させたことで知られ、この法律は別名ヴェイユ法とも呼ばれています。彼女自身アウシュヴィッツ゠ビルケナウに強制収容されて生き残った体験から、ユダヤ人がこうむった悲劇を一般に知らしめるためにも積極的に活動、あらゆる機会を利用してナチスが犯した史上まれにみる犯罪を訴えています。フランスでは、彼女が序文を書いていることが、本書への絶大な信頼性をあらわしています。

最後に、この感動的な本を翻訳する機会を与えてくれ、編集でも大変にお世話になった河出書房新社編集部の揖木敏男さんに心からの感謝を申し上げます。

鳥取絹子

二〇〇八年秋

文庫版　訳者あとがき

本書の著者シュロモ・ヴェネツィアは、二〇一二年十月、ローマで亡くなりました。八十八歳でした。悲惨すぎるゆえに封印していた過去について、重い口を開いたのはやっと七十歳近くになってから、そしてその証言が出版されたときは八十歳を過ぎていました。長い沈黙のあとの人生の最終章は怒濤のようだったと思いますが、天寿をまっとうしたと言っていいでしょう。

けれども、シュロモ・ヴェネツィアの貴重な証言は――挿入されている画家ダヴィッド・オレールの絵とともに――力強く生き続けています。フランスでは、現在も毎年のようにナチス・ドイツ関連の本が出版され、いずれも話題を呼んでいますが、本書は十一年前に出版されたにもかかわらず、いまもいちばんといっていいほど根強く支持され、読者レヴューの数では他の関連本を圧倒し、高く評価されています。

日本でも、本書の翻訳本が出版されると多くの書評で取り上げられ、こうして今回、文庫本になりました。これを機に、さらにより多くの方に読んでいただけることを願っています。人間がこれほどまで残虐になれることを忘れないために。最悪の歴史を繰り返さないために。

二〇一八年二月

鳥取絹子

本書は二〇〇八年一二月に小社から刊行された。

Shlomo VENEZIA et Béatrice Prasquier :
"SONDERKOMMANDO; Dans l'enfer des chambres à gaz"
Préface de Simone VEIL

This book is published in Japan by arrangement with Editions Albin Michel,
through le Bureau des Copyrights Français, Tokyo.

私《わたし》はガス室《しつ》の「特殊任務《とくしゅにんむ》」をしていた
知《し》られざるアウシュヴィッツの悪夢《あくむ》

二〇一八年四月一〇日　初版印刷
二〇一八年四月二〇日　初版発行

著者　S・ヴェネツィア
訳者　鳥取絹子《とっとりきぬこ》
発行者　小野寺優
発行所　株式会社河出書房新社
〒一五一-〇〇五一
東京都渋谷区千駄ヶ谷二-三二-二
電話〇三-三四〇四-八六一一（編集）
〇三-三四〇四-一二〇一（営業）
http://www.kawade.co.jp/

ロゴ・表紙デザイン　粟津潔
本文フォーマット　佐々木暁
本文組版　株式会社キャップス
印刷・製本　中央精版印刷株式会社

Printed in Japan　ISBN978-4-309-46470-1

ユダヤ人の歴史

レイモンド・P・シェインドリン　入江規夫〔訳〕　46376-6

ユダヤ人の、世界中にまたがって繰り広げられてきた広範な歴史を、簡潔に理解するための入門書。各時代の有力なユダヤ人社会を体系的に見通し、その変容を追う。多数の図版と年譜、索引、コラム付き。

第二次世界大戦　1

W・S・チャーチル　佐藤亮一〔訳〕　46213-4

強力な統率力と強靭な抵抗精神でイギリス国民を指導し、第二次世界大戦を勝利に導き、戦時政治家としては屈指の能力を発揮したチャーチル。抜群の記憶力と鮮やかな筆致で、本書はノーベル文学賞を受賞。

第二次世界大戦　2

W・S・チャーチル　佐藤亮一〔訳〕　46214-1

史上類を見ない規模の世界大戦という歴史の表舞台に直接参加し、いかに歴史を変え、いかに戦い抜いたかを、リアルに記録した最も信頼すべき最高の資料。第二巻は、独軍の電撃進攻と孤立した英国の耐久戦。

第二次世界大戦　3

W・S・チャーチル　佐藤亮一〔訳〕　46215-8

勝利を疑わず不屈の意志で戦い抜く信念を国民に与え続けた指導者チャーチル。本巻では、枢軸国の猛攻の前に苦戦を強いられた連合国側に対して、カサブランカ会議やカイロ会議などで反抗の準備を主導する。

第二次世界大戦 4

W・S・チャーチル　佐藤亮一〔訳〕　46216-5

チャーチルの深い歴史観と透徹した眼差しが生み出す著作活動は、ノーベル賞受賞の本書によって結実した。第四巻は、ついに連合国側に戦局が転換し、史上最大のノルマンディー作戦から戦争終結までを描く。

二・二六事件

太平洋戦争研究会〔編〕　平塚柾緒　40782-1

昭和十一年二月二十六日、二十数名の帝国陸軍青年将校と彼らの思想に共鳴する民間人が、岡田啓介首相ら政府要人を襲撃、殺害したクーデター未遂事件の全貌！　空前の事件の全経過と歴史の謎を今解き明かす。

太平洋戦争全史

太平洋戦争研究会　池田清〔編〕　40805-7

膨大な破壊と殺戮の悲劇はなぜ起こり、どのような戦いが繰り広げられたか——太平洋戦争の全貌を豊富な写真とともに描く決定版。現代もなお日本人が問い続け、問われ続ける問題は何かを考えるための好著。

特攻

太平洋戦争研究会〔編〕　森山康平　40848-4

起死回生の戦法が、なぜ「必死体当たり特攻」だったのか。二十歳前後の五千八百余名にのぼる若い特攻戦死者はいかに闘い、散っていったのかを、秘話や全戦果などを織り交ぜながら描く、その壮絶な全貌。

日中戦争の全貌

太平洋戦争研究会〔編〕　森山康平　40858-3

兵力三百万を投入し、大陸全域を戦場にして泥沼の戦いを続けた日中戦争の全貌を詳細に追った決定版。盧溝橋事件から南京、武漢、広東の攻略へと際限なく進軍した大陸戦を知る最適な入門書。

山本五十六の真実

太平洋戦争研究会〔編〕　平塚柾緒　41112-5

三国同盟に反対し、日米衝突回避に全力をあげた山本五十六。だが開戦やむなきに至り、連合艦隊司令長官として真珠湾奇襲を敢行する。苦悩のリーダーはどう行動し、いかに決断したか、その真実に迫る。

激闘駆逐艦隊

倉橋友二郎　41465-2

太平洋戦争南方戦線での、艦隊護衛、輸送の奮闘記。凉月では、砲術長として、大和海上特攻にも参加、悪戦苦闘の戦いぶりの克明詳細な記録である。

永訣の朝　樺太に散った九人の逓信乙女

川嶋康男　40916-0

戦後間もない昭和二十年八月二十日、樺太・真岡郵便局に勤務する若い女性電話交換手が自決した。何が彼女らを死に追いやったのか、全貌を追跡する。テレビドラマの題材となった事件のノンフィクション。

戦後史入門

成田龍一　41382-2

「戦後」を学ぶには、まずこの一冊から！　占領、55年体制、高度経済成長、バブル、沖縄や在日コリアンから見た戦後、そして今――これだけは知っておきたい重要ポイントがわかる新しい歴史入門。

大日本帝国最後の四か月

迫水久常　41387-7

昭和二〇年四月鈴木貫太郎内閣発足。それは八・一五に至る激動の四か月の始まりだった――。対ソ和平工作、ポツダム宣言受諾、終戦の詔勅草案作成、近衛兵クーデター……内閣書記官長が克明に綴った終戦。

満州帝国

太平洋戦争研究会〔編著〕　40770-8

清朝の廃帝溥儀を擁して日本が中国東北の地に築いた巨大国家、満州帝国。「王道楽土・五族協和」の旗印の下に展開された野望と悲劇の四十年。前史から崩壊に至る全史を克明に描いた決定版。図版多数収録。

東京裁判の全貌

太平洋戦争研究会〔編〕　平塚柾緒　40750-0

戦後六十年――現代に至るまでの日本人の戦争観と歴史意識の原点にもなった極東国際軍事裁判。絞首刑七名、終身禁固刑十六名という判決において何がどのように裁かれたのか、その全経過を克明に解き明かす。

戦場から生きのびて

イシメール・ベア　忠平美幸〔訳〕　46463-3

ぼくの現実はいつも「殺すか殺されるかだった」。十二歳から十五歳までシエラレオネの激しい内戦を戦った少年兵士が、ついに立ち直るまでの衝撃的な体験を世界で初めて書いた感動の物語。

帰ってきたヒトラー　上

ティムール・ヴェルメシュ　森内薫〔訳〕　46422-0

2015年にドイツで封切られ240万人を動員した本書の映画がついに日本公開！　本国で250万部を売り上げ、42言語に翻訳されたベストセラーの文庫化。現代に甦ったヒトラーが巻き起こす喜劇とは？

帰ってきたヒトラー　下

ティムール・ヴェルメシュ　森内薫〔訳〕　46423-7

ヒトラーが突如、現代に甦った！　抱腹絶倒、危険な笑いで賛否両論を巻き起こした問題作。本書原作の映画がついに日本公開！　本国で250万部を売り上げ、42言語に翻訳されたベストセラーの文庫化。

青い脂

ウラジーミル・ソローキン　望月哲男／松下隆志〔訳〕　46424-4

七体の文学クローンが生みだす謎の物質「青脂」。母なる大地と交合するカルト教団が一九五四年のモスクワにこれを送りこみ、スターリン、ヒトラー、フルシチョフらの大争奪戦が始まる。

服従

ミシェル・ウエルベック　大塚桃〔訳〕　46440-4

二〇二二年フランス大統領選で同時多発テロ発生。極右国民戦線のマリーヌ・ルペンと、穏健イスラーム政党党首が決選投票に挑む。世界の激動を予言したベストセラー。

ハイファに戻って／太陽の男たち

ガッサーン・カナファーニー　黒田寿郎／奴田原睦明〔訳〕　46446-6

二十年ぶりに再会した息子は別の家族に育てられていた——時代の苦悩を凝縮させた「ハイファに戻って」、密入国を試みる難民たちのおそるべき末路を描いた「太陽の男たち」など、不滅の光を放つ名作群。

さすらう者たち

イーユン・リー　篠森ゆりこ〔訳〕　46432-9

文化大革命後の中国。一人の若い女性が政治犯として処刑された。物語はこの事件に否応なく巻き込まれた市井の人々の迷いや苦しみを丹念に紡ぎ、庶民の心を歪めてしまった中国の歴史の闇を描き出す。

人間はどこまで耐えられるのか

フランセス・アッシュクロフト　矢羽野薫〔訳〕　46303-2

死ぬか生きるかの極限状況を科学する！　どのくらい高く登れるか、どのくらい深く潜れるか、暑さと寒さ、速さなど、肉体的な「人間の限界」を著者自身も体を張って果敢に調べ抜いた驚異の生理学。

暴力の哲学

酒井隆史　41431-7

人はなぜ暴力を憎みながらもそれに魅せられるのか。歴史的な暴力論を検証しながら、この時代の暴力、希望と危機を根底から考える、いまこそ必要な名著、改訂して復活。

文明の内なる衝突　9.11、そして3.11へ

大澤真幸　41097-5

「９・11」は我々の内なる欲望を映す鏡だった！　資本主義社会の閉塞を突破してみせるスリリングな思考。十年後に奇しくも起きたもう一つの「11」から新たな思想的教訓を引き出す「３・11」論を増補。

日本

姜尚中／中島岳志　41104-0

寄る辺なき人々を生み出す「共同体の一元化」に危機感をもつ二人が、日本近代思想・運動の読み直しを通じて、人々にとって生きる根拠となる居場所の重要性と「日本」の形を問う。震災後初の対談も収録。

天皇と日本国憲法

なかにし礼　41341-9

日本国憲法は、世界に誇る芸術作品である。人間を尊重し、戦争に反対する。行動の時は来た。平和への願いを胸に、勇気を持って歩き出そう。癌を克服し、生と死を見据えてきた著者が描く人間のあるべき姿。

半自叙伝

古井由吉　41513-0

現代日本文学最高峰の作家は、時代に何を感じ、人の顔に何を読み、そして自身の創作をどう深めてきたのか——。老年と幼年、魂の往復から滲む深遠なる思索。

昭和を生きて来た

山田太一　41442-3

平成の今、日本は「がらり」と変ってしまうのではないか？　そのような恐れも胸に、昭和の日本や家族を振りかえる。戦争の記憶を失わない世代にして未来志向者である名脚本家の名エッセイ。

著訳者名の後の数字はISBNコードです。頭に「978-4-309」を付け、お近くの書店にてご注文下さい。